No es amor

PATRICIA KOLESNICOV

NO ES AMOR
D.R. © Patricia Kolesnicov, 2009

punto de lectura

De esta edición:

D.R. © Santillana Ediciones Generales, SA de CV
Universidad 767, colonia del Valle
CP 03100, México, D.F.
Teléfono: 54-20-75-30, ext. 1633 y 1623
www.puntodelectura.com.mx

Primera edición en Punto de Lectura (formato MAXI): junio de 2010

ISBN: 978-607-11-0588-2

Diseño de cubierta: Raquel Cané
Imagen de cubierta: © Amy Cutler. Courtesy Leslie Tonkonow
Artworks + Projects, New York

Impreso en México

No es amor

A Olga, porque no se me pasa.

A Ropi y Valu, en el corazón.

A María Gabay y Florencia Kraft.

✳

Octubre 1986

Más que encontrármela, la fui a buscar. Pregunté por ella y me la señalaron desde lejos. Estaba parada en el frente de un aula en silencio y hablaba fuerte: agredía a su público y lo cortejaba. No la astucia elemental de quien seduce atacando sino, a la vez, golpe y caricia. Buscaba el poder como quien tiene el poder. Para qué escribir, decía, para qué si todo es igual y nada es mejor por qué no hacer algo más redituable. Decía eso y decía que no tenía un pasado glorioso. "Ni glorioso ni vergonzante ni nada. Cuando abrí un ojo ya había terminado todo."

Era muy flaca, entonces, y con melena corta y el pelo negro, lacio. El día en que la conocí andaba de vaquero y camisa blanca con cuello de raso rosa. Ahí adelante, recibía los aplausos con soltura, como si llovieran: llovían.

Salió rodeada por mucha gente. Florencia Kraft —así decía mi papelito— se movía dando instrucciones:

—¿Quién mierda colgó ese cartel ahí?

Yo tenía que hablarle y no había cruzado la ciudad para volver después de las elecciones. Avancé:

—Florencia.

—Bla, bla, en el '73 bla bla, basta de chicanas, bla bla bla.

—Florencia.

—¿Nosotros chicaneamos? Bla bla bla, estructura partidaria, bla, nunca se chupó el dedo ¡bla ble bli blo blu!

—Señorita Kraft.

Me miró.

—¿Qué pasa?

Lo que le había venido a decir era algo de lo que ella ya estaba enterada. Básicamente que acá estaba la María Gabay que iba a reunirse con ella por lo de la revistita. Unos meses más tarde hubiera sido capaz de leer lo que decía su gesto: que no sabía de qué le estaba hablando. O mejor: que sabía y no le gustaba y simulaba que no. Que así tal vez —esto es clave— el no gracias era mío y adiós adiós corazón. No era el caso, sin embargo. Yo todavía no había sido expuesta a esa conformación psíquica de modo que vi una cara vagamente confusa y expliqué el motivo y la urgencia.

—Soy María Gabay —dije y abracadabra, ésa era la llave mágica que cerraba esta puerta.

—Soy María Gabay.

Lo dije a los gritos, entre la gente que discutía.

—¿No puede ser la semana que viene?

—No, no convendría.

—Ajá.

—Es por la revista de ciencia.

—Ah, sí. Pero ahora no. Por favor, yo me comunico.

Ésta, la mujer de los aplausos, era la persona que papá quería para la revista. Cómo explicarlo: no era habitual que la gente estuviera demasiado ocupada como para escuchar una propuesta del señor Gabay, menos una estudiante de cuellito de raso, menos que menos cuando la estudiante no era Maia Plisetskaia sino el resultado de una ecuación de papi con la Secretaría de nosecuánto. Hay que admitir que me descolocó, tenía que decirle "ahora o nunca" y que se arreglara con su partidito. O mejor, sonreír y partir y vetarla para siempre. Demasiada pólvora para este chimango. Así que pragmática, lesson one:

—Lo hacemos en diez minutos y para vos y para mí ya está hecho.

Yo tenía razón, como siempre de ahí en adelante.

—Tenés razón. Esperame un ratito en el bar. No, mejor en el de Córdoba y Callao.

Tardó mucho. Cuando apareció yo ya estaba un poco indignada y empezaba a buscar las llaves del auto. Fuera de tablas, se veía que caminaba algo rarito, como con una pequeña renquera.

—Perdoname, es terrible ahí adentro pero ya termina. Acá vamos a estar tranquilas.

—Toda una celebridad.

—Algo así. Bien, te escucho —dijo, pero no me escuchaba: abrió una mochila a cuadritos que cargaba —afortunadamente, no era un morral—, fue poniendo sobre la mesa un cuaderno con espirales, tres biromes, un juego de llaves, una manzana, un frasquito con una etiqueta escrita a mano y los típicos "globulitos" de la medicina alternativa.

—Decime.

—¿No te lo explicaron?

—Contame todo desde cero.

Oh my god, ¿quién era esa chica apurada que tenía la mirada en otra parte y parecía que me estaba haciendo un favor? Le expliqué, bueno, desde cero, que había un laboratorio, como ella sabía, que quería hacer una revista de divulgación, como le habían contado, mucho más allá de sus drogas, como era obvio, que iba a tener distribución nacional, como correspondía, que estábamos viendo si y cómo se involucraría el Ministerio de Salud, que a través de ellos —como le habían informado— había llegado su nombre. Para colaborar en lo periodístico.

—Algo de plata va a haber.

—Creo en la homeopatía —dijo la candidata Florencia Kraft, y se tragó seis globulitos, que había apartado en la tapa del frasco.

Me reí.

—Creé en lo que quieras. No es el imperio del mal. Es solamente una revista de ciencia sin altas pretensiones que un señor dueño de un gran laboratorio consiente en bancar.

—Y el gobierno decide apoyar —soltó la militante, con gesto triunfal y alargando la mano para alcanzar mi vaso de agua y vaciarlo.

Me reí más: siempre hubo pero en ese momento crecía como plaga la gente que vivía en un microclima y pensaba que era muy importante.

—Si fuera algo muy serio buscarían gente conocida, no vos y yo.

Yo tenía razón.

—Tenés razón.

Florencia pidió detalles. Largó algunas ideas, con lo que entendí que sí había pensado en esto antes.

—¿Vas a tener tiempo, con el Centro?

—Todavía no gané.

—¿Vas a ganar?

—Sí. Sí. Qué sé yo, sí.

Se apretó los ojos con la mano izquierda.

—Voy a tener que tener tiempo. ¿Cómo están pensando el organigrama?

Ésa era mi chica. Lo primero que quería saber era quién mandaba. Por supuesto, descontaba que era buena entendedora y el laboratorio se llamaba Loewenthal y Gabay, en fin. Así que le hablé de Gurruchaga, el ejecutivo a cargo. Él dirigía. Y luego ella, en redacción. Y digamos a la par —tanto como eso fuera posible— yo, la "científica". "Pero la última palabra es de mi papá."

—Ahí está, la puta que lo parió.

Le seguí la mirada. Un flaco insulso de remera roja venía cruzando Callao. Primera aparición de Nacho, presentado por su novia:

—Un catalán polígamo hijo de una gran puta.

Nacho entró besándole el cuello y la futura presidenta del Centro y niñita mimada de medio partido gobernante tiró los calzones sobre la mesa y me dejó hablando sola.

Me fui. Después la seguí por los diarios. El día en que ganó el Centro. Una entrevista en la radio. Nuestras charlas de trabajo después de las vacaciones. Sus precisiones, sus preocupaciones, sus indicaciones:

—Tuvimos que ceder Cultura y los peronchos querían Publicaciones.

—El martes a las 11 tenemos una entrevista con el secretario de Ciencia y Técnica.

—Nacho se mudó a mi casa.

—Apareció el tipo para corrección.

—Hay que ir a supervisar los ferros. Los de impresión, boluda.

Mierda de ganas tengo yo de meterme en más cosas, de tener que ver laboratorios y médicos para darle el gusto a la nena del ricachón golpista. Me boxeo con mi referente político: estoy ganando este bello y pujante centro de estudiantes para el gobierno: ¿Qué me piden pelotudeces? Y encima: ¿Qué experiencia tengo yo para hacer eso de manera decente? ¿Un añito en un diario de pueblo? ¿Colaboraciones sueltas aquí y allá? El tipo me deja gritar como con fastidio y me dice lo que ya sé: Gabay es un pesado, Gabay es uno de los pocos proveedores nacionales de los hospitales, Gabay quiere hacer algo con nosotros, nosotros queremos hacer algo con Gabay. Ellos ponen una chica que estudia algo científico, nosotros ponemos una chica que estudia algo periodístico, no un número uno. Y no la embarres.

Mirá, María: yo sé que no es lo más cómodo pero necesito que trabajemos en casa. Tengo que esperar un llamado por el tema de las sedes de la carrera, no se sabe dónde van a ser los exámenes. De paso, tomamos sol en el jardín.

La subo al tren, ¡a María Gabay! Me da un gusto tonto ver tanta elegancia respirando maní con chocolate. Pero no sería justo decir que es solamente ese chiste. También tengo la ligera idea de que jamás ha asomado la nariz del raviol natal y que acá hay algo para ver. No sé qué me importa su educación, pero siento como que le va a hacer bien. Con su mugre y su estricta impuntualidad, no odio este tren. Acá descanso, me cuelgo, compro lapiceras, medias y enchufes, por un rato no soy responsable de nada. Mi tren a Lourdes.

—Estos trenes, sin embargo —le digo, doy clase—, están desnaturalizados. Se quedan acá nomás. Y los trenes son un bicho de ir lejos. Lo bueno es que van lejos.

—Esto es bastante lejos.

La apuro desde la estación. No la dejo mirar la iglesia ni ponerse pintoresquista. Quiero llegar.

María, te presento mi casa. Mi casa, María.

Otra vez: no es un rancho mi casa (que no es mía, por supuesto), pero no es una residencia. Entramos por el comedor. Abro las persianas. Se mete a investigar.

—Florencia, esto no es un jardín. Esto es un patio.

—De ninguna manera. ¿Dónde viste un patio con árboles? Ahí crecen bananas y acá, limones. Cosas de jardín.

—Lo lamento, pero es un patio porque no tiene pasto.

—Los árboles están plantados en la tierra.

—Patio a muerte.

El teléfono cierra el debate. El Centro me vuelve loca. María hace café y lo toma. Yo no termino de discutir.

—Florencia, hay trabajo. Desenchufá el teléfono un ratito.

Finalmente nos sentamos a armar la revista. Yo la miro fibrón en mano, pero sigo pensando en las aulas para los exámenes.

—No se puede hacer una carrera sin sede. Es un drama. Uno cursa en Económicas y el otro en el centro, nunca se ven las caras.

—¿No vamos a terminar el sumario?

—Sí, corazón. Terminemos y me vuelvo al centro. Eso hacemos.

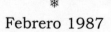

Febrero 1987

Me pregunta por Nacho. Me indaga. Me aconseja: vos te tenés que cuidar. Yo sé que me tengo que cuidar del gaita, sé que no tiene escrúpulos. Sé también que es un buen amante, que me gusta su acento y es tan hermoso. Pero si se trata de saber nomás, sé con certeza que me tengo que cuidar del tipo.

—Lo que no sé es cómo.

Solazo en el parque de Las Heras y Salguero. Paramos al heladero. Postal de infancia: helado de palito y plaza con sol. Eso le digo: postal de infancia, ¿no? Sí, dice, claro, pero no de la mía. Claro, le digo, de la infancia del niño Billiken, de la mía tampoco.

La historia completa no, ni en curda. Trabajo con esta chica, vamos teniendo cierta intimidad, tiene el capricho contenido y un doctorado en goce diferido. Pero no deja de ser Gabay, Gabay, dónde estaban tu padre y vos cuando, ¿no?, dónde están ahora mismo, cómo voy a tomar el castillo si no te empujo del puente.

Así que le cuento un poco, que vivía en Azul, mucho más lejos que París, que allá siguen mis padres, que yo no iba sola a la plaza, que iba poco y nada, que no era simpática, que hasta los doce, trece casi no salía de casa "así que tenía una idea monstruosa de los cumpleaños, las cornetitas y el papel picado". Y que si no me quedaba más remedio que ir a alguna celebración siempre encontraba el camino al cajón de las revistas y ahí esperaba que me vinieran a buscar, empujando el reloj.

—Azul tenía sus limitaciones, pero una vez descubrí la biblioteca del hijo de unos amigos de mis viejos. Había como quinientas mil historietas mexicanas.
—Yo no me acuerdo nada.
—No puede ser.
—No me acuerdo, lo habré reprimido.

Carajo, qué habrá pasado para tener que reprimir la infancia entera, pienso, pero bueno, ella no pregunta, habrá que ser discreta, en fin, hija mía, un poco te acordás, un poco te lo repiten hasta el Alzheimer entre la ensalada rusa y el pollito de todas las cenas familiares.

—Yo no hablo de eso con mi papá.

A ver. No habla con el papá y algo pasa acá con la mamá. La chica es parca, es cría de colegio inglés y sabe que los sentimientos se muestran mucho menos a menudo que la bombacha; sabe ella, como sé yo, que no tiene ningún motivo para confiar en mí, que esto no es amor, es un arreglo por arriba de nosotras, un acuerdo de cuarta que ni siquiera está cerrado todavía. No tengo que decir nada, lo sé, es como en las entrevistas para el laburo, conviene hacer un largo silencio, dejar que el entrevistado caiga en ese vacío, que se haga cargo de llenarlo. Así que María Gabay me mira y yo, que sé todo lo que tengo que hacer:

—¿Y mami?

Hundido.

—Me llevo mal con los médiums.

—Hundido.

No sos vos, dice, soy yo, soy una jodida, dice. Pero quiere hablar, quién sabe por qué quiere contarme a mí, que la espero en el puente, el dolor de su vida.

Entonces escucho. Me siento en el pasto, cruzada de piernas y escucho el choque, los diez años sos grande, la lista de ya tenés que, la curva de la voz que se agrava.

—¿Y papá?

Y papá, nada. Papá es el poderoso señor Gabay y nadie tocará a su nena y serás una reina y lo mejor para la reina será vivir un año o dos en el colegio y mejor no hablar de muchas cosas. ¿Qué cosas?, pienso, ¿qué porquerías tenían para callar el señor Gabay, la señora de Gabay, la nena de Gabay? Pienso pero no pregunto, lo que tengo acá es una huerfanita reprimida en ejercicio de una fuga emocional. No una catástrofe ambiental: una fuga sibilante, una pinchadura en un caño de gas.

—Así es —dice.

La abrazo y no llora pero apoya su cabeza en mi hombro y se queda un rato. Es rara esta piba, tan armada y tan ingenua. Ingenua, pero armada.

—Bueno basta, Florencia, disculpame por esto. Vas a llegar tarde a tu reunión.

Le digo que no, quién sabe por qué bis, le digo que me quedo, que puedo —¡y quiero!— faltar a la reunión (aunque hay que discutir la participación de la juventud en el Congreso del Partido) y acompañarla hasta la noche.

—No, andá, en serio, andá.

✳
Abril 1987

Sin ningún éxito, había llamado a Florencia a cada rato, como habíamos quedado, para arreglar el encuentro del lunes. No estaba en la casa, me imaginé que con el feriado largo tampoco estaría en la facultad. Probé, probé pero no la encontré, otra vez iba a tener que perseguirla para trabajar un rato. Llegué del campo descansada, pasé de largo a mi cuarto, me pegué una ducha, me puse algo liviano, todavía hacía calor en Semana Santa. Fui a saludar a papá —le había traído un quesillo— pero no había nadie en el cuarto. Y se escuchaban voces desde el playroom. Luz celeste sobre el pasillo, papá estaba ahí con la tele prendida y no estaba solo: otros tres hombres miraban el noticiero con él. La misma escena que repetían todos los canales hacía rato: la Plaza Congreso llena, el saludo del presidente, la plaza.

—¿Todo bien?

Papá salió, me besó.

—¿Bien?

—Un poco de malestar en los cuarteles, habrás visto.

—¿Sabés si alguien me dejó un mensaje por lo de la revista?

—Casi no estuve en casa, preguntale a Chichí.

24

La encontré a la mañana, estaba afónica, nos vimos esa tarde, tenía la piel ardida del sol.

Por primera vez, Florencia estaba callada, con los ojos en los papeles.

Puso sobre la mesa algunos puntos en los que había avanzado, propuso nombres, todo correcto, pero con la luz apagada.

—¿Te pasó algo?

—Qué te parece. ¿A vos no te pasó nada?

Epa, no, no me había pasado nada, qué sabía yo, ¿era por lo de los militares? ¿Por lo que decían papá y sus amigos, que el presidente había bajado la cabeza?

—La democracia es negociación —me dijo.

Pagó los dos cafés y salió. Le había cambiado la cara, de una manera que —lo sé ahora— sería irreversible.

Mayo 1987

iré el coche en un estacionamiento y llegué corriendo a la facultad. Todos la acababan de ver —"La renga pasó por acá hace dos minutos"—, pero yo no la podía encontrar. Me cansé de subir y bajar escaleras. Abrí varias puertas hasta que apareció, sentada en una oficinita.

—Me asustaste.

—Tenemos que ver a mi papá.

—Hola, María. Sentate. Respirá. ¿Qué pasa?

—Mi papá.

—Callate hasta que juntes aire para armar una oración completa. Y cerrá la puerta.

Conté uno, dos, tres.

—No tenemos tiempo. Mi papá leyó lo tuyo en *El Porteño* y se enojó, no sé si por tu nota o por el resto de las barbaridades. Hace responsable de algún mal oscuro a Gurruchaga, por supuesto. Yo entiendo que es el típico brote paranoico, pero todo el proyecto se cae.

—Pero estás vos.

—Explicate, por favor.

—Sos garante.

—Creo que no comprendés la situación globalmente.

—¿Globalmente?

—En conjunto.

—Globalmente no estoy entendiendo que...

—Que yo soy su hija. Él está hablando de negocios y no habla de negocios conmigo.

—¿De negocios tampoco?

—No me provoques, por favor.

—Pero vos me conocés.

—Eso no es relevante en este minuto. Creo que sería oportuno que te movieras. Nos espera en una hora.

—No puedo.

Me puso nerviosa. *Ciencia* dependía del humor de mi papá y Florencia se ponía difícil. Que no podía, que tenía problemas en el Centro, que la situación política —¡qué tenía que ver!— estaba horrible, que encima unos días atrás había muerto un chico de la facultad y alguien pegaba cartelitos jurándole venganza al decano. Que el chico había muerto en su casa, pobre, pero que ella tenía que salir a decir algo y no sabía para dónde agarrar. Y lo peor:

—Y en un ratito empieza mi horario de natación.

Me exasperaba ¿se ve?, desde el principio fue así. Pero la revista era una idea mía, me importaba a mí y en ese punto, en ese momento, yo me sentía en sus manos.

—¿Por qué no te dejás de jugar a la política y asumís una responsabilidad?

Florencia estaba segura de que yo era una imbécil.

—Justamente, María. Tu papá no puede exigir mi presencia cuando frota la lámpara. Yo no soy el forro del señor Gabay.

—Preferiría no escuchar discursos.

—Le puedo hablar por teléfono.

Uno, dos, tres.

—Soñás. Lo tuve que convencer para que te quisiera ver. No entendés, no entendés nada: estuvo a un paso de cerrar todo.

Yo a Florencia a veces le daba fastidio. "Basta de berrinches, chica rica", me dijo ese día. "A ver si nos ponemos de acuerdo en que si tu papá quiere cerrar todo no es porque me vea o no me vea sino porque lee los putos diarios."

—Por favor.

—¿Está en tu casa?

—Calculo que ya debe haber llegado.

—¿Tenés un cospel?

Sentí cómo se me escurría la última gota de sangre fría:

—No sabés con quién tratás.

—Vamos al bar, que ahí anda el teléfono.

Los pasillos estaban llenos de gente y de carteles. Florencia avanzaba marcándome unas fotocopias chiquitas de una tal agrupación "2 de mayo".

—La reputa madre que los parió —las arrancaba. Eso era lo único que le importaba.

En medio del ruido de tacitas y gritos varios llamó a casa y, contradiciendo lo que me había dicho a mí, papá la atendió. Florencia caminaba estirando el cable del teléfono y hablaba, actuaba, se subía al escenario: que ya era hora de que nos conociéramos, que había cuestiones de competencia que era necesario aclarar, que no, no podía ir a la cita a las seis. No dio ninguna excusa, que ahora no y que a las once podía ser.

—No le digo mañana en el laboratorio porque tengo un parcial.

Yo pensé que ahí sí la mataba, pero Florencia estaba jugando un juego en el que tenía medallas.

—Chau, nena. Hacé café a las once menos cuarto. Y conste que me pierdo el recital de Markama.

Le ofrecí ir a buscarla a la avenida si me llamaba antes de salir. A mí me daban un poco de miedo esas calles siempre desiertas.

—No; de noche prefiero caminar.

Me saco la ropa apurada, tiro todo en el armarito apurada, me apuro para ponerme la malla. Por suerte en el agua hay otro ritmo. Voy, vengo, nunca paro. Diez piletas en cada estilo para calentar, veinte con barrenador, veinte con manoplas. Vengo tarde, así tengo el andarivel para mí sola; los demás van demasiado lento para mí, que soy un pez: el único lugar donde no me pesa el cuerpo es el agua. Es puro tanteo lo de Gabay, él sabe mejor que yo que lo de hacer juntos la revista casi casi quedó en nada, que el chiche para su nena lo tendrá que comprar solo. Una vueltita americana y encaro las treinta piletas de salida. Nada serio con Gabay, a lo sumo tendré o no tendré un laburito. No hablo con nadie en el agua —estoy nadando— ni en el vestuario. Ya está fresca la brisa cuando salgo a la calle. La pileta —¿será el cloro?— me da ganas de tomar yogur.

L legó puntual, yo misma salí a abrirle el portón.

—Lindo barrio.

—Tenés cara de cansada.

—Estoy muerta y encima el parcial.

—Es vox populi que los militantes no estudian, calientan sillas.

—No estudiamos, no estudiamos porque cualquier infeliz nos llama de urgencia. ¿Acá pusiste las cosas en orden?

—Sí, no se enojó tanto. Suspendió una mesa de póker que tenía hoy.

—Sonamos, yo juego horrible.

—Entrá, tonta.

Abrí el portón y se quedó muda.

—¿Ves, Florencia? Esto es un jardín.

—De ninguna manera. Esto es un bruto parque. Vos sos rayada, Gabay. ¿Para qué salís de este lugar?

Papá estaba posando en su sillón. Pitó su pipa y se levantó a saludar. Florencia lo miró seria y se largó una danza de pavos reales.

—El famoso señor Gabay.

—La famosa señorita Kraft.

—Mi hija habla mucho de vos —dijo él, impostado, patético.

—Estamos en un gran, gran, proyecto —dijo ella, con una sonrisa puro dientes.

Cognac, cognac (yo no, yo jugo), se la veía tan tiernita a esta chica en los dominios de mi padre que pensé que ella había acertado y no había ninguna cuestión de la revista acá.

"La va a masacrar", me dije, pero eso en el caso de que la quisiera masacrar, quizá lo que quería era mandar un mensaje, quizá la iba a masacrar como mensaje.

Florencia no lo enfrentó, lo dejó correr. Lo miró blandito. Dijo sus bla ble bli blo blu, los que tenía que decir, pero como entrecomillados, como si no pudieran ser jamás una amenaza. Contó sus globulitos sobre la mesa ratona. "Ay, la va a tener que masacrar", pensaba yo, porque si no quién es quién, pero el cognac se hizo whisky y ese detalle quedó como de costado. Nunca había pensado hasta entonces que Florencia sabía tratar con un padre. En ese papel lo puso Florencia, ahí —¿junto a una hija a su altura?— se acomodó mi papá:

—Rodolfo, gracias por todo, me tengo que ir a dormir.

—No, señorita, usted se queda acá esta noche.

Le hice un gesto con la cabeza, asintiendo:

—Es súper oscuro por acá. Too much.

—No. Necesito ir a casa.

"Tengo que estudiar", le dijo la presidenta del Centro a mi papá. "Y me van a llamar por teléfono temprano." Pero quería que la acompañaran a la avenida.

—La llevo, papá. Anda en un tren tremendo.

—Y vas a volver sola.

—Tiene razón. Vení vos a dormir a mi casa. Tengo una cama de más y, aparte, Nacho quizá ni viene.

—Es una estupidez, ya estamos acá. Pero bué.

Saqué el auto del garage y nos fuimos.

Me cae bien tu viejo, tiene onda.

—Vos también le gustaste, se ve.

—Me parece, miss Mary, que lo que quería era ver con quién te juntás y listo. ¿No tenés que doblar a la derecha?

—No, dejame a mí.

—No abriste la boca en toda la noche.

—A mí ya me conoce.

—Puede ser, pero si hacemos esa revista vamos a tratar de que ahí no se discutan cuestiones entre ustedes. O, por lo menos, me gustaría saber de qué se trata.

—¿Podés cerrar bien tu puerta? Desde que salimos estoy buscando el ruidito.

Lo hago con el auto a toda velocidad: ¿Qué le pasa a María?

—No importa.

Es una linda noche. Bajo un poquito la ventanilla y me salta el viento. Me reclino sobre el respaldo, acomodo la cadera, viajo unos minutos con los ojos cerrados.

—¿Qué pasa, María?

—Ahora no quiero hablar.

Llegamos a casa. Abro la reja, corro la comida de los gatos —este garage no ha servido para otra cosa hasta ahora— y me alejo. Si no fuera ridículo diría: me alejo con miedo de que me atropelle.

Pongo un casete —me perdí el recital— y entro a la ducha. Quenas en el aire, María me espera con café en la cocina. Corro el banquito que sostiene la puerta de la heladera, saco la leche. Estoy envuelta en la toalla, me doy vuelta con el sachet en la mano y bueno, se me ve la panza.

—¿Qué son esas cicatrices?

—Es la marca de Caín.

La chica es educada, nada de Pandoras, una elipsis es sagrada. Tomamos un par de tazas en silencio. Es muy tarde en serio y se escuchan ruidos heimlich.

—Me hiciste pensar en mi mamá hoy, sentada ahí al lado de papá, con un vaso en la mano.

—Explicame. Y poneme cuatro sacarinas.

—¿Cuatro?

—Sí, dale —Yo no soy educada, viva Pandora—. ¿Por qué tu vieja?

Me va a contar. ¿Qué ocurre con esta señorita, que es capaz de atravesar el conurbano bonaerense para seguir hablándome de su madre? No lo puedo remediar: de repente —no todo el tiempo— me conmueve María Gabay. Su cara de rubia de piedra y el crack de la grieta. No la veo venir, viene.

—Yo no sé por qué se casaron. Nunca los vi juntos —me dice—. Estaban al lado, en el mismo espacio y nada más.

Parece que cuando nació el mayor, el señor Gabay estaba en Ginebra y mandó un telegrama: "Bienvenido Fernando Ezequiel". No era lo pactado, no había nada pactado, su mujer —que era la fina— siempre había dicho que el chico se iba a llamar David. Pero lo necesitaba a él, si el apellido lo ponía él. Lo llamó al hotel y no lo encontró. Qué gran jugada hubiera sido anotarlo sola, como hijo suyo y sólo suyo, tener un David Trench en lugar de un Fernando Gabay. No se le ocurrió; ella con el espíritu santo nada, pero tenía al hijo y quería al padre. Se cansó de dejarle mensajes pero no pudo hablar porque él no contestó ninguno. Al final, ella lo anotó como él quería pero hasta el último día lo llamó David.

—Vos también le decís David.

—Menos papá, todo el mundo. Ahora en Melbourne le dicen Doodee o algo así. Pero eso no importa; a lo que voy es a que siempre estuvieron muy separados. Ella había sido concertista. Después dejó la música e hizo un curso de diseño de jardines y durante un tiempo se ocupó de eso, no se suponía que trabajara pero mamá hacía su vida.

—¿Y yo qué tengo que ver?

—Vos, nada. Yo tengo que ver. Hoy me acordé de mamá.

—Yo no me quiero levantar a tu viejo.

—Florencia, si te vas a poner psi me voy a dormir.

"No me llevo bien con las mujeres", me dice, gallita. "Soy de relaciones cortas", me dice y para esto vino, así que se apoya en la mesa y se derrama. Van apareciendo sus hermanos mayores —además de David hay un Gustavo—, los viajes aburridos con el viejo, la madre canjeada por un montón de empleadas.

—No entiendo por qué no se separó si no podía vivir con él.

Se duerme a las cuatro. Me siento a preparar el examen. Tengo sueño.

Última oportunidad: El laboratorio provee a hospitales y también fabrica agroquímicos, se ve que fue eso lo que enfureció a Gabay, la denuncia de los pesticidas en la sopa, que no escribí yo ni decía su nombre, pero lo afecta y me afecta. Última oportunidad, Florencia Kraft: salís ahora o vas colgando la armadura y pasás al castillo por la entrada de servicio. Quedarse es quedarse con las manos sobre el fuego del hogar y para siempre un buen vino y luces y colchones altos. Salir es salir de todo, se entiende: mi referente me palmea el hombro y me dice que adelante, que casi lo perdemos. Ellos lo quieren contento a Gabay y él quiere contenta a la chica, de modo que el ministerio va a poner unos mangos y a la bolsa, ¿no?

Ay.

Yo, por supuesto, pensé que había sido un accidente. Pero algo más había, algo más había para que no hablara nada, no es que se negara, era un silencio de hormigón y punto. Mi hipótesis más fuerte —la más aventurada pero también la más coherente— era que Florencia había matado a alguien. Eso explicaba varias cosas, además. Algo así: a los 12, o 13, como pasa con los chicos del campo, sabía manejar y había sacado el coche ·sin decir nada. Y en una esquina del pueblo o en un camino de tierra se llevó por delante a uno, a dos, medio, qué sé yo, y ella quedó toda rota y era menor así que no era imputable o arreglaron con el comisario del pueblo que en definitiva era el padre de una compañera de colegio o que la hija iba con ella en el coche y la vida siguió adelante pero ella no tocaba ni la bocina de un auto y ahí estaban las cicatrices y el hormigón.

Después pensaba, pero no creía, que quizá se callaba para proteger a alguien o porque le daba vergüenza. ¿Quién la había lastimado así? ¿El papá de los dientes blancos? ¿La mamá de los boletines enmarcados? Y ella, ¿qué había hecho para merecer eso? ¿Cómo lo había provocado? ¿Cuánto lo había deseado? Es decir: ¿era vergüenza de otro, de la humillación, de la indefensión, o de alguna propia cosa oscura y, bueno, castigable y muda?

Eso pensaba yo al principio.

Además de dorada, es grande la jaula dorada. María tiene, en la mansión de La Lucila, un ala para ella. Una línea de teléfono para ella, que suena en sus —no hay otro modo de decirlo— aposentos. Nunca voy, a mí me queda muy trasmano que nos juntemos ahí, pero es sábado, hay un intenso cielo de invierno, por qué no. Así entro por primera vez a su lugar en el mundo: tiene un espacio vidriado con una mesa grande, una heladera y una hornalla, baño, vestidor, habitación y una puertita entornada que ella no abre. María ceba mate, me parece que el editorial sobre aportes privados a investigaciones de universidades públicas lo tiene que escribir ella, pero ella dice que no sabe escribir y yo prefiero no meterme en eso, así que la pava se acaba y se llena y se acaba otra vez. El sol va bajando sobre las hojas del parque, María camina alrededor de la mesa, yo me apoyo en la pared, espío la puerta que ella no abrió.

—¿Querés ver el taller?

Claro. Resulta que pinta, María Gabay. Empuja la puerta y entramos a un espacio enorme, un sillón tirado por ahí, un mueble con ocho filas de seis cajoncitos, mesa de carpintero, cables de acero y roldanas que sostienen un archivo de cuadros guardados en altos. Y un atril con una tela, calculo dos por dos, con manchas rojas. Eso es el cuadro: manchas de un rojo asqueroso, un rojo coagulado, y resortes y tuercas pegados a la tela. No hablo, se ve que demasiado tiempo.

—¿Qué te parece?

—Yo no entiendo nada de esto, María.

—Pero ves. ¿Qué te parece?

—Autobiográfico.

—Muy astuta, eso se podría aplicar casi a cualquier cosa.

—Estoy hablado de esta "cosa".

—Puede ser que sea autobiográfica esta cosa pero sobre todo es preliminar —dice María —de qué está hablando por dios— y me saca del taller.

"*Ciencia* es un buen lugar para que te hagas cargo de que hace falta inversión y de que el dinero viene de donde está", vuelve María. "Por lo marginal, digo, no es una tremenda exposición." Yo no quiero, todavía quiero educar con la democracia y no con los millones de Gabay, pero le digo que lo voy a pensar, que voy a intentar juntar un par de ideas por el lado de la modernización, que yo se lo escribo pero lo firma ella. "La única verdad es la realidad", me retumba en la cabeza cuando camino hasta la avenida.

Nos gusta fumar, nos gusta cantar, nos gusta ir a esos teatritos donde la gente se desnuda en San Telmo, hay una por horario, ya vimos todas; a veces le cambian el título y dan la misma, así que las vimos todas más de una vez. Nos gusta salir y tomar fanta con vino barato y caminar toda la noche mientras esperamos a que abra la oficina telefónica de Maipú y Corrientes para que Nacho llame a su casa antes de que se arme una multitud. Nos gusta andar juntos al gallego y a mí así que tratamos.

C'est pas facile.

Se enoja fácil.

—Florencia, estás afuera.
—Me vas a castigar porque me fui una semana.
—Sabés que te necesito para cerrar.
—Creía que no necesitabas a nadie.
—Es igual, estás afuera.

No insultes.

—Me parece que no está al tanto de que somos socias, señorita patrona, yo no dependo de vos ni de tu papi, así que guardá el rebenque.
—No hay problema, lo arreglamos con tu estructura.

No insultes te digo.

—Te vas a la concha de tu madre.

Sonríe:
—¿Me estás dando un pie, querés que digamos cosas ingeniosas sobre la muerte?

—No seas forra, no me di cuenta. Nada más me tenía que ir.

"Siempre te vas" —de qué está hablando, de que me habla cada vez, de qué me habla—, me dice. "Una tarea", dice, pero no le creo, "responsabilidad" —como el papá—, me dice, y que no quiere amigos —¿cómo?— como yo.

—No me podés largar así.
—¿A ver cómo quedó?
—Tomá, leela y que pese sobre tu conciencia.

Gurruchaga la llamaba a la casa, como si no le bastara verla en la redacción. Florencia no sabía de historias, no supo antes ni después. Transparente, Gurruchaga la aburría y ella trataba de derivármelo.

—Flor, él te busca a vos. Es algo personal.

—No. Estás loca.

Si le hubiera dado un dedo, Gurruchaga la habría invitado a salir, pero Florencia no lo registraba, no era una pose, siempre fue así, Florencia sólo veía a quienes le interesaban y los demás eran extras.

—Yo probaría —le dije.

—¿Probarías qué?

—Salir con él.

Florencia se rió, cabeceó el flequillo y sacó a pasear sus jeans por mi cuarto. En 1987, Florencia seducía por su aspecto de periodista de serie americana, agresiva, apurada, filosita. Se vestía de estricto jean-camisa-pulóver. Salvo cuando el Centro de Estudiantes la obligaba a ir a brindis y reuniones y entonces venía a mí.

—Por favor, vestime, tengo una cena con unos tipos de la Internacional Socialista.

Ella era más baja que yo y más caderona; de todos modos —excepto zapatos— si buscaba, combinaba y cambiaba algún dobladillo siempre terminaba encontrando algo para "vestirla". Se revolvía dentro de mi ropa, se sentía encerrada, encerada, se enchinchaba. Pero quedaba bien.

Fue por esa época que me dijo por primera vez que yo era hermosa. Me lo dijo para consolarme: al lado de ella, al lado de ese imán, con el andar rarito y todo, yo era la rubia tarada.

—Sos hermosa —dijo, y la verdad no parecía que me estuviera mirando, parecía una declaración oportuna.

—Sos el modelo, Gabay. A ver una vueltita: rubia, largos lacios cabellos, lindo cuerpo, tetas aceptables, abundosa billetera y casa con pileta. Perfecta. Un, dos, tres, vendida a todos los giles del Jockey Club.

Pero no era cierto. Ni tan "vendida" —no se jode con la hija de Gabay— ni tan Jockey Club, que no era lo que me interesaba precisamente. Mucho cierre, mucha revista, mucho bruto parque y aposentos, pero yo lo que quería era enamorarme como todo el mundo. Y que todo fuera lindo y lo de las perdices.

—Pero no quiero con cualquiera —le expliqué alguno de esos sábados a la noche en que yo no tenía nada que hacer y comíamos panqueques por Libertador.

—¿Quién es?

—No sé.

—Nacho.

—No, Nacho me da asco.

—Gracias. ¿Entonces?

—Entonces no sé.

Flor me preguntaba qué sentía, qué hacía, se impacientaba: "Encima, si vos no te aflojás un poco va a ser difícil. Bajá la guardia, María".

En esa época, Flor era amoral. "Vos preocupate de cuidarte a vos misma y cada uno hará lo propio", me decía, aprobando mis histeriqueadas más salvajes. Autopreservación, levantaba, como una consigna.

La desconfianza que los unía tenía que ver con la muerte de la madre, por supuesto. No porque —y hubiera sido razonable— María creyera que algo de ese matrimonio de mierda hubiera señalizado la ruta hacia el guardarrail del final. No porque pensara —era inmune a ese tipo de ideas— que el desdén de Rodolfo por su mujer hubiera pesado sobre el pie en el acelerador. Sí por la evidente violación que ocurrió inmediatamente. La madre era atea, no agnóstica: una atea guasa y desconsiderada, una atea de muchas generaciones, pero Gabay era Gabay, era laboratorios Loewenthal y Gabay así que la nena tuvo que ver las flores y los sacerdotes de negro y los rezos y los uniformes que venían a las condolencias. Y tuvo que ver a los hermanos duritos, dándoles las manos a esos bigotes y a Rodolfo Gabay en pleno ejercicio de los negocios. A la vuelta de los años podrían decir —los dos— que no había otro remedio, que eran épocas así, que la sociedad toda, que no era el momento histórico de ser ateo ni apátrida. Que la muerta muerta estaba y la vida adelante para los vivos. Pero fue entonces —estoy segura— que a María le quedó claro cómo serían siempre las cosas. "Necronomía de subsistencia", le digo. No le gusta.

Mi cuerpo era perfecto, hay evidencia fotográfica. Tenía un buen tono de piel, acné jamás, grasa olvídenlo, hasta había borrado las marcas de la ropa interior tomando sol en mi terracita. Lo contrario del cuerpo de Florencia, tan tajeado que en algunas partes parecía un garabato desquiciado, un cuadro de Jackson Pollock. Yo podía estar mucho rato mirándome al espejo, custodiando esa perfección como un gendarme. Ella no, no se miraba, no con los ojos. Ella se chequeaba con las manos. Si estaba distraída, se acariciaba las cicatrices, la he visto seguir su recorrido con el dedo. Alguna vez pensé en hacerle un DNI con esas marcas; pintarlas con un pincel cargado, pedirle que se apoyara sobre tela; no, mejor sobre papel barrilete. Hacerla sellar el papel con ese dibujo. Se lo dije, por supuesto, aunque todavía no sabía de qué se trataban las cicatrices. Hagamos esto, Florencia. Hagamos arte. Me escuchó sin interrumpir. Hizo un silencio.

—No.

Sur argentino y Nacho español por cuatro días de gloria. Vino y ciervo ahumado que pago con la guita de *Ciencia*. Soy feliz con Nacho en exclusividad y en cuatro días se disuelven el Centro, la inauguración del edificio nuevo de la facultad, el intercambio de cargos y la redacción de la revista. Nacho me carga alrededor del Nahuel Huapi y empieza a sonar la música de *Love Story*.

En el hotel hay un mensaje: "Hab. 214. Llamó Gabay. Llamará a las 23".

—Esa niña está enamorada de ti, Florencia. Que te llama a todas horas.

Me gusta que el gaita diga eso. Es cierto, María me quiere.

—Llama por algún asunto de la revista.

Efectivamente, a las once suena el teléfono y María me hace consultas.

—No, que Pepe vaya al encuentro por *Clarín*, como estaba previsto. Va a encontrar algo para nosotros de rebote. A ellos les va a interesar el discurso inaugural y alguna entrevista exclusiva. Nosotros tenemos que sacar una idea general de los campos en que se está trabajando y las diferencias teóricas. No queremos ningún ruso coleccionista de premios.

—

—No, María, eso lo va a sacar hasta *Anteojito*. Y salen antes.

—

—El personal científico, favor abstenerse de tomar decisiones que no le competen. Llamalo y decile que cambiaste de idea.

—

—Eso es verdad, pero se supone que es mi trabajo. Hablalo vos con Gurruchaga, no me lo pases. ¿Cómo estás?

—

—No te pelees con él por la revista.

—

—Para levantar una sección me tenías que haber esperado.

—

—OK, ahora no. Cuidate, Gabay, no hagas lío.

Cuelgo y hago 1.600 kilómetros. Nacho me mira con disgusto.

—Creí que nos habíamos escapado de todos. ¿Cuándo le has dado el número a tu amiguita?

—No me molestes, gallego.

Lo beso pero sigue enojado. Otra vez.

El decano está asustado con unos independientes que se hacen los locos, arman fogatas en el patio y juntan gente. De repente parece que los vamos a tener en elecciones y todo, a esos imberbes, que lo hacen como jugando y yo creo que al principio están jugando, aunque el poder les tire, finalmente. Quiere llamar a un morocho, su cabeza visible, y ofrecerle el Centro. Por eso estamos acá sentados, quiere que yo me corra y pongamos a este muchacho "y que trabaje para nosotros". No me parece una buena idea.

—Va a ganar —me advierte el decano.

Ya lo sé, es la hora de estos chicos divertidos y el morocho va a ganar donde compita y va a durar poco, ¿para qué lo vamos a tener adentro?

—Que gane con su agrupación, ponele plata para que se puedan mover un poco y se convenza de que el que lo está haciendo es él, dejalo crecer hasta que salga a comprar matafuegos, después sacale la plata. Lo de siempre.

"Éste no es ningún tarado", sigue advirtiendo el decano. "Pero la guita es nuestra", le recuerda esta servidora. No llegamos a ninguna parte.

Unos días después el pibe le dice que no, que va por el Centro pero con nosotros no, gracias. Y ya nos vio el juego.

Nacho pasa semanas distante y semimudo. Yo le payaseo, trato de emocionarlo, trato de que me admire de nuevo. Siento que se me escurre.

—Por favor, decime qué te pasa.

—Nada.

—Nada.

—Nada.

Durante semanas lo dice y sigue ausente. Por primera vez, me da miedo quedarme sola con él y que no tengamos nada que decirnos.

—¿Te querés ir?

—No.

Nacho es la esfinge por descifrar, es hermético y yo no puedo esperar y como no puedo esperar ejecuto mi sentencia, lo dejo libre del mal del desamor.

—¿No me querés más?

Ah, ah. Parece que bueno, no exactamente, qué es el amor acaso etc., pero esta laguna de cariño con pajaritos que por supuesto él estima tanto, en fin, está muy quieta, y claro, con su balsa irá a naufragar en pasiones más tormentosas. Algo así pero tampoco dejarlo todo, es un hombre de bien. No quiere irse, quiere cambiar el contrato. Me lo dice sentado en mi banquito, con la espalda pegada a mi heladera en la mi cocina de la mi casa.

—Tú haces tu vida y yo la mía. Cuando nos encontramos, salud. Pero aún podemos vivir juntos.

Yo le diría que sí, para iniciar la tentativa de reconquista desde cerca. Y le diría que no, por propio amor.

Esta noche me emborracho.

*

Septiembre 1987

Florencia decía que no se iba a presentar a elecciones otra vez. Que se iba a tomar un descanso y largar la política pava de universidad para entrar a algo más grande. Yo dije ajá, bueno, sin pensarlo mucho, sin darme cuenta de que no entendía qué me estaba diciendo, sin ver que no la había escuchado. Y eso que, aunque era parlanchina, hablar hablar, hablar de algo que no fuera hablar del tiempo, aunque fuera del tiempo en fino, me hablaba poco. Ahora me parece que el campo de lo que no me decía, aunque a esa altura yo la consideraba una amiga, era enorme. La oí acercarse un septiembre —el cloc cloc desparejo de su zapato izquierdo con plataforma— por el pasillo de la redacción de nuestra revista. Venía para irse, lo hacía a cada rato, nunca tuvo el corazón ahí y no movía por *Ciencia* un meñique que no fuera obligatorio.

—Vengo a pedir licencia.

—A ver, señorita Kraft, pase por mi despacho.

Nos sentamos. Le serví un café enorme, con cuatro pastillitas.

—Me voy a Jujuy.

—Temprano pa'l carnaval.

—Tengo que hacer un laburo para un diario uruguayo en Jujuy.

—¿Mucho tiempo?

—Quince días.

—No es grave. ¿Nacho?

—Lo eché.

—Bien hecho. Andá y reventá Jujuy.

A los veinte días me empecé a preocupar. Nadie sabía nada. El contestador de su casa avisaba casete completo. Al mes llamé a los padres a Azul: le habían sacado un pasaje a París.

Mayo 1988

Un tren convoca a otro tren. Vías de ir a Lourdes y a París. Asientos de segunda mientras pasan los Pirineos por arriba. Cigarrillos horribles, extranjeros y tantos. La portátil, el grabador. La cara más dura del mundo consiguiendo trabajo revista a revista, bar a bar, bar a revista. Cualquier ser parlante reconforta. La cámara de fotos. Me harto de mí. Une glace. Qué me importa el Partenón. Escupiendo letras se hace el verano en Italia. Me baño. Top less en Costa Brava. Voy y vuelvo sin itinerario. Me dejo invitar a comer, a bailar. Me gusta Sevilla. Me quedo mucho tiempo aunque el laburo es barato y el calor mucho. Dónde estará Rick Casablanca.

Me instalo en una pieza en un barrio que dicen fue un pantano, a unos quince minutos a pie del Alcázar. Tengo una ventana que da a una callecita demasiado angosta para este siglo. Desde arriba se ve cómo los conductores pliegan sus autos para estacionar y se siente el andar de estos sevillanos que están siempre en la calle; hasta muy tarde se oyen los bares y la gente que camina con sus vasos en la mano, de estaño en estaño. Por eso nunca está oscuro y nunca está callado cuando me acuesto. Primero me toman en un bar, de camarera (el acento ayuda). Después trabajo para uno de esos puestitos de la calle Feria; el puesto es un paño con loza vieja, pero el hombre quiere andar suelto, quiere echarse su cafelito y hacer sus negocitos y yo me quedo junto al paño y no sé regatear, así que no sé vender. Pero no me echa.

Finalmente voy a escuchar a unos poetas en un patio. Se juntan los miércoles, voy uno, dos, tres miércoles, y una caña, otra caña, en fin, son andaluces, son cálidos, me integro. Empiezo a vivir entre ellos y sus amigos libreros, escritores y me conchaba una revista porno para que vaya a Holanda a no hacer la misma nota. El jefe de redacción recalca:

—Consíguete algo raro. Basta de escaparates y cortinillas.

Vuelvo con un estudio sobre el cultivo del tulipán. Me sacan a las patadas pero quién te quita los canales concéntricos de los ojos.

Un tren lleva a otro tren y yo sigo viajando compulsivamente. Europa es tan chica, es un encierro. En mi vagón alguien convida hachís, que yo no sé qué es pero aspiro y está bien.

Me duele el pecho. No es nostalgia, es tabaco.

E se invierno empecé a trabajar en el laboratorio de papá. Estaba ansiosa por pasar a lo concreto. David había volado a Australia hacía años con alguna beca expiatoria y no lo traíamos ni de visita; Gustavo estaba terminando su master en Economía en Estados Unidos, así que yo pronto sería la única que entendería algo de ciencia en esta empresa. Por eso a papá le pareció bien que conociera el terreno y allí fui, sin mucha idea de qué quería hacer y preguntándome —me lo había preguntado Florencia— por qué no largaba las valencias y me dedicaba a los pinceles, que era lo que se suponía que quería. Lo haría, tal vez, pero no lo haría sin pruebas, no lo haría sin la experiencia del laboratorio.

Decidimos cerrar la revista. Me había acostumbrado a sacarla sin Flor pero ahora no tenía tiempo y el viejo se había cansado de bancarla.

No tengo amigos, me muevo demasiado rápido. Sin embargo, conozco mucha gente con fugaz intimidad. Estiro la guita con albergues juveniles, mala comida y permanente segunda clase. No me afectan las familias de alemanes y japoneses con chicos babeantes que tiran dólares —pesetas, francos, liras— por todas partes. Me dan igual, me siento tan lejos y, al fin, no me emboba el Mediterráneo. Así, quieto y azul, el Mediterráneo sólo me hace extrañar la violencia del océano o las enormes playas brasileñas.

De nuevo en Sevilla, un hombre paga el té con el que trato de aliviar el calor.

—Yo te invitaría con algo mejor.

Quién dice, quién dice quiera algo mejor, de modo que no lo escupo, le sonrío. El hombre se sienta con confianza. Tiene unos cincuenta años, la piel muy tostada y no está mal. Quizás el patetismo de un viejo play-boy viejo. Lo escucho y voy a ir al restaurante caro y a las corridas en las afueras. El hombre cuenta historias y es gracioso. Yo casi no le hablo.

No me gustan los toros. Se lo digo: "no me gustan los toros" y él se ríe y dice que no entiendo. Y dice que

tiene un barco allá lejos, en Cádiz, y que podríamos na-
vegar unos días. Voy. Conozco el precio del pasaje.

L a mala fama de las pastillas para adelgazar había puesto a todo el mundo en la carrera para encontrar sustitutos. Lo primero que hice en el laboratorio fue integrarme al equipo que trabajaba en eso: cómo agregar a la comida —un yogur, la leche, por qué no fideos— una fibra que no tuviera gusto a nada y se hinchara lo suficiente como para provocar la sensación de haberse despachado un asado. O ese cactus africano que usaban algunas tribus para combatir las ganas de comer. Y algo para la ansiedad, era inevitable. Si el hambre era algo más que hambre, ¿cómo lo arreglaríamos con comida, por inteligente que fuera? Yo no tenía experiencia en eso, siempre había comido al borde de la subsistencia y me daba lo mismo qué. En esa época prefería las cosas ligeras, con la menor consistencia posible; carne nunca, muy poca grasa, más bien pomelo, espinaca, agua, agua y agua. Pero entendía que además de la función alimentaria de la comida había que lograr un producto que reprodujera su poder de brindar satisfacción, de aventar —de ser la ilusión tangible de esa posibilidad— el dolor del alma. Tenía que haber algún receptor en el cerebro que pudiéramos excitar con la velocidad y el bajo costo con que lo hacía, por ejemplo, el azúcar. En eso pensaba casi todo el tiempo. Y me bailaban los pantalones.

N acho en su Barcelona.

Papá fue espléndido, un hombre sin edad, el hombre, hasta que Gustavo volvió de Harvard. Ah, esa noche en que nos reunimos y un Gustavo informal, respetuoso, hasta impostado en lo amable, se animó a esbozar algunos planes para el laboratorio. Nuevas tendencias, decía, un mercado enorme, sin fronteras; capitales, decía. Despacio, en un medio tono que seguramente sonaba mejor en inglés. Vamos para adelante, decía, con la insultante simpleza de un slogan, o vamos para atrás. Y papá —en el primer minuto de su vejez— lo escuchaba. Esa mosca podía volarle cerca del oído y este papá ¿estaba cansado? no la espantaba. El mundo está cambiando tanto, decía Gustavo, en poco tiempo no lo reconoceremos. Hay que ser más fuertes, más grandes, más internacionales. Esas cosas decía, parecía un catálogo, qué aburrido, qué aburrido para mí y que falta de pudor frente a nuestro invitado. Calladito al lado de mi hermano comía un pibe que Gustavo se había traído de Harvard. Su compañero de cuarto, su amigo. Se llamaba Andrés el amigo, venía —lo sabría después— de Casilda y no era parecido a mi hermano; tenía el pelo cortado como con taza, como con algo de niño, usaba remera y saco, algo que Gustavo no hubiera hecho jamás, cada tanto se sacaba el flequillo de los ojos y ¿me miraba? ¿O era que, como yo, ya no sabía cómo sentarse y por eso nos encontrábamos por debajo de la línea de las miradas de los demás?

Cuando volví a conectar a la transmisión de Gustavo, su discurso se estaba poniendo todavía más burdo, más amablemente exasperado. Como en una cadena postal, prometía y amenazaba: la empresa tal de California cambió a tiempo y ganó millones; su competidora, tal tal, siguió como siempre y se fundió. Tal tal tal de Brasil aprovechó las nuevas épocas y hoy provee a todo el Caribe, incluyendo a los clientes de tal tal tal tal, de Colombia, cuyo presidente —y dueño— resistió la ola del presente. Papá comía, concentrado en su plato. Pasaron los camarones —qué asco, yo nada— de la entrada, Chichí trajo la fuente con la comida, me la dejó a mano para que sirviera y hasta ahí había sonado una sola voz; prudente, pero sin fisura. Papá sabía de qué le estaba hablando:

—Gustavito, probá, que está delicioso —indicó. Y mi hermano obedeció. Fueron unos segundos de qué rico qué rico y cómo extrañaba la comida de casa y esta enana está hecha una dama, etcétera.

Silencio de masticación.

Quiero ir a Marsella. Tengo que ver el convento de Madame Louis, la plaza, las calles de las que ella me había hablado en Azul, cada tarde un año y otro año, en francés. Quiero ir a Marsella pero primero vuelvo a París y no voy al albergue. Encuentro un hotelito en la Rue des Plantes donde la gente está menos de paso. Esto es París y llueve así que paseo por las galeries Lafayette como si fueran un museo, porque no puedo gastar un franco. Ando como en una película, mirando desde afuera y la música del walkman como banda sonora. Podría tratar de conseguir trabajo pero no sé si me quiero quedar. Quiero ir a Marsella.

Voy al Pompidou un día y al siguiente. Tengo que decidir algo, no puedo seguir yirando. En la agenda tengo —lo sé hace rato, no me resolvía a usarlo— el teléfono de uno de los franceses de la Internacional Socialista que conocí en Buenos Aires. No sé qué quiero, no quiero nada en especial, pero tiro una punta y llamo y aunque el tipo no se acuerda de mí —se le nota— me cita al día siguiente.

Por ahora compro una postal para María y me siento a escribirla. Un hombre me habla. Dice que me quiere sacar una foto escribiendo tan ensimismada (¿enmimismada?). Tarde, la tenías que haber sacado sin preguntar. Ahora no. Quiere saber si soy de las colonias o del interior o qué. Tengo —otra vez, el pasaporte en la lengua— acento raro.

Al otro día voy a mi cita, el hombre se alivia cuando ve que no quiero asilo, conversamos de los buenos tiempos y de lo que se viene, me invita a una fiesta. Hoy mismo, hoy a la noche, una fiesta de la progresía intelectual. Voy. Hago bien. Gracias, Madame Louis. Ahí conozco fotógrafos y plásticos y poetas y estudiantes. Me río después de mucho tiempo y fumo marihuana y me relajo. Ahí me marcan a Claude Grevin, rey de esta y de todas las noches y periodista cultural. Claro que escuché hablar de él, Grevin es una institución y cómo hago para que me distinga en el séquito que le flamea atrás. No se me ocurre nada inteligente así que sencillamente paso y lo choco. De frente, lo cuerpeo. No es exactamente una estrategia, más bien me lo llevo por delante.

—Perdón —le digo, en castellano.

—Es un placer —me contesta en castellano.

—¿Habla español?

—Nooo.

Encojo los hombros, mala suerte. Mala suerte, Florencia, hay que pensar más rápido. Es mi amigo el socialista quien —él también se está mostrando ante Grevin— me da una mano: antes de que yo termine de pegar la media vuelta aparece en escena y le dice a Claude: "Cuidado con las argentinas".

Grevin se detiene. Tuvo un amor argentino, lo conoció en San Pablo, es poeta y ¿cómo decirlo? ¿performer?

Dice el nombre. Sí, sé quién es, todo el mundo sabe quién es. No lo he tratado, pero suele actuar en un centro cultural que tenemos en la Universidad. No sé si está bien o mal, sé que está vivo.

—¿Usted le llevaría un regalo?

—No sé cuándo vuelvo.

—No hay apuro, lo compré hace mucho tiempo, es algo pequeño.

Hay mucho ruido, tengo la cabeza abombada, Grevin también está mareado. Me da una tarjeta: encontrémonos, me dice, seguro sabe algunas cosas más del poeta, le daré mi regalo para que lo guarde y si decide quedarse en Europa me lo devuelve.

Claro.

Vuelvo sola al hotelito, me gusta —no me la esperaba un minuto antes— la ternura de Grevin. Y, quién sabe, encuentro un caminito.

H acía tiempo que pensaba en que me gustaría irme a vivir sola. Me daba un poco de angustia,
pero también estaba cansada de rendirle cuentas a papá,
sobre todo las cuentas de mi soledad, un estado que se
había hecho más ostensible con la partida de Florencia,
porque su barullo lo había disimulado durante algunos
meses. Si en ese momento Florencia hubiera estado en
Buenos Aires yo le hubiera propuesto que le devolviera
su casa al paciente de su papá que se la alquilaba y se vi-
niera conmigo, pero no estaba y eso retrasaba mi decisión. Igual, inicié las conversaciones con papá. Era
solamente una cuestión formal: la herencia de mi mamá
me alcanzaba para comprarme algo decente pero prefería que él estuviera de acuerdo.

Para eso lo esperé largo rato en su oficina; papá recorría el laboratorio con Gustavo y esa gente que Gustavo le presentaba a cada rato. Sobre el escritorio,
intocadas, crecían pilas de diarios de todas partes. Me
puse a hojear algunos en inglés y un par en castellano.
No leía, miraba figuritas, pasaba las hojas como en la pe-
luquería y por eso me sorprendió, me asaltó, un ejem-
plar nuevo de *El Porteño*. Y adentro, claro, el nombre de

Florencia, "Florencia Kraft", firmando una nota sobre la vida real de los personajes del flamenco, en Sevilla. ¿Estaba en España? ¿Papá estaba en contacto con ella? Como una acusación, como una marca de lápiz labial en la camisa, le enrostré la nota cuando entró.

—Mirá qué bien —me dijo, como si nada—. ¿De qué me querías hablar?

G revin hace tantas preguntas que resulta que sí, que yo tenía algunos datos más de aquel amor suyo, de sus socios en la escena, del tipo de espectáculo que hace. Quiere que le cuente en detalle lo público y él deduce lo privado. Lo veo una vez, me llevo un paquetito con papel metalizado guardado en una bolsa de terciopelo.

Es amable, Grevin, pregunta quién soy. Ah, colega —es amable—, me dice. Favor por favor, me dice, le enseñaré París.

Esa semana me saca del hotel y me hace caminar por la ciudad, hacer mil combinaciones en el subte, subir calles con escaleras. Me espera: tiene diez años más que yo y se da cuenta de que muchas veces el cuerpo no me deja seguirlo. Entonces me sienta, me pide un café crème y me interroga. Quiere que le hable del país, del retorno a la democracia, de los derechos individuales. "Acá se impuso el desencanto, no hay jóvenes en política", me dice, justo ahora que tiré todo por la ventana.

—¿El desencanto de la abundancia?

Nos llevamos bien, pero será por poco tiempo, le digo, si no paramos, no tengo tanto estado físico. Claude es una madre y me empieza a organizar la vida. Dice que por qué no me anoto en la Universidad y pienso en establecerme. Yo no puedo, ando de mochila, me estoy yendo. Él tramita sus anunciantes para una nueva revista y hace reuniones interminables para terminar el proyecto. Yo sigo con lo mío, robando color por todas partes y refritando la misma nota para medios de Europa y América. Igual, la vida al lado de Grevin implica mucho alcohol, fumo, fiestas y mis fondos —desvalijé la cuentita "en el exterior" en la que papá y mamá protegían dos, tres mil dólares— se vienen acabando. Claude dice que va a necesitar un asistente para tareas variadas, de comprar cigarrillos para arriba. Que apenas aparezca la plata puedo tener un sueldo y sí, él puede conseguir alguna receta para mis medicamentos. Finalmente —no puedo seguir pagando hotel— me lleva a vivir a su casa, suya y de Alan. Esos dos me divierten y abro mi pasaje por seis meses más. Me divierten y me desconciertan: empiezo a soñar que uno me acaricia y llega el otro, que me acuesto con los dos, que me acuesto con uno que creo que es Alan pero habla y es Claude. Viviendo juntos trabajamos mucho. Alan se ocupa de arte, yo escribo un borrador —por primera vez, en francés— para el número cero y Claude anda por ahí buscando auspicios o haciendo changas elegantes para mantenernos a los tres.

—Extraña viajera, sin correspondencia —observa Alan.

—Estoy fugada —le digo y vuelvo a consultar el diccionario. No pienso hablar de eso.

Claude consigue una entrevista importante, con un capo de Renault. Si abrocha podemos arrancar, pero esa mañana está borracho y no hay manera de darle un aspecto decente. Llamo y digo que soy su secretaria y que el avión del señor Grevin tuvo un problema técnico en una escala, así que llegará por la tarde. La entrevista se posterga dos semanas y yo aprovecho y voy a Marsella, entro a la Iglesia de Madame Louis, la imagino ahí, la imagino en la plaza con su amor.

Cuando vuelvo me entero de que Claude se fue a Bélgica por unos días a grabar un programa de televisión. Alan se va con él por el fin de semana y me queda la cueva a mi disposición. Pienso en Buenos Aires; en medio de todo esto extraño la facultad, mi casa, mi jardincito seco. Extraño hablar en castellano, se me ocurre que tendría que haber ido a España y me duele el estómago. No es España.

Esa noche llama una mujer. Dice que es amiga de Claude y que acaba de volver de un largo viaje. No está, Claude no está. ¿Qué puedo hacer? Dice que se llama Hélène y no soporta la idea de pasar esta noche sola. Me lo dice a mí. Bueno, que venga. Hay lugar, que venga. Bajo y compro algo de comer, caliento café, la espero. Hélène es negra, debe pesar 40 kilos y está vestida como una europea que estuvo viendo indígenas. Me da risa, pero creo que le va a gustar que yo sea sudamericana y no le hablo de Buenos Aires, le hablo del campo, de la llanura, de Azul. Sin ningún pudor, Elena —le digo Elena y ella repite: Elena— abre los cajones, encuentra el whisky y se acuesta al lado mío, en la alfombra, a terminarlo. Nos despertamos tarde, cuando el sol golpea el techo de vidrio de este último piso.

S omos humanos, hace rato que no nos rige la naturaleza." Una voz gritaba en el comedor, por todos la-
dos se discutía más o menos lo mismo, se discutía
—aunque todos sabíamos a qué conclusión íbamos a llegar— qué derecho teníamos a meter mano en la célula, el
cuerpo y el alma de lo que nos llevamos a la boca. Y en el
otro rincón, claro, la naturaleza, la naaaaaaturaleeeeza, el
matriarcado implacable de la naturaleza y las cosas que
son como son, como siempre fueron, ¿como Dios manda?
Se discutía en inglés, por supuesto, estábamos en Boston,
listos para ser operadores de la revolución que venía. Ine-
xorable, como todas las revoluciones. Para mí, eso era un
curso de posgrado, una punta diferente para meterme en
el laboratorio, unos días lejos de papá y de Gustavo, una
línea que me distanciaba de ellos sin desconectarme del todo. Para muchos de los que se ponían colorados y golpea-
ban su medio litro de Coca Cola contra la mesa del
comedor, el futuro. EL FUTURO, bla ble bli blo blu. "Primero movimos arados, ahora sabemos mover genes",
apuntaba el orador. "Quiero aquí alguien decente que me
explique por qué no", decía, con un énfasis digno del balcón de la Casa Rosada.

Lo mío no era tan pasional. Yo había llegado acá, de alguna manera, gracias a las movidas de Gustavo. Había visto el tema entre los papeles del candidato a socio que mi hermano traía, había entendido que ésta era la línea que venía, había buscado un seminario y cuando lo encontré Gustavo aplaudió, papá aceptó y acá estaba yo, disfrutando de Boston, tomando hot apple cider y tratando de ver la ética de toquetear esos genes. Por qué no: no se me ocurría ningún buen motivo.

Alan!, volvió Hélène —grita Claude apenas ve las bolsas que ella dejó sobre el sillón.

—¿Cómo te fue con ella, Florencia?

—Me divertí.

—No entiende las preguntas, Alan —vuelve a gritarle Claude a su hombre, que apenas responde desde la ducha.

—Estuve bien, actué la buena salvaje.

—Y se volvió loca.

—Se tomó todo lo que encontró, se durmió.

—Pero, mujer, ¿nada más fuerte que alcohol?

—Nada más. ¿Se esperaba que la sedujera?

—Que te sedujera ella, más exactamente.

—No parece lesbiana.

—¡¡Alan!!, el Ministerio de Educación nos exige que alojemos a esta aborigen unos años más.

—¿Qué dijo ahora? —dice Alan, que entra envuelto en una toalla y secándose el pelo negro.

—Te vas a tener que quedar a completar tu formación —se ríe Claude y frota la magnífica espalda de Alan y se ríe y me siento una provinciana.

Éramos muy pocas mujeres en el curso; quién sabe, las ciencias no son lo que más atrae a las damas, la inscripción era realmente carísima, el tema no era fácil de encontrar si no se estaba ya dentro de una buena red. El punto es que con una proporción escandalosa —¿20 a 1?— la demanda amorosa hacia mí era elevada. Prácticamente no había conversación que no terminara en una invitación. Y cuanto más me requerían, menos interesada, por supuesto, ya no era que no me atrajera un fulano determinado, era que la inminencia de la propuesta me cerraba las ganas antes de llegar a formularse y lo mejor para evitar conflictos era ni empezar una charla. Sobre nada. Yo sabía estar sola, no me preocupaba; fueron un par de meses en los que caminé sola, fui a exposiciones sola, desayuné sola en un bello restaurante giratorio desde el que se veía el río. Estudié como nunca. Como había entendido Florencia, no necesitaba a nadie: me sentía bien.

V ale la pena: cuando por fin empezamos, Claude Grevin es una máquina. Ve un mundo conectado, ve dónde una idea se une a una tendencia, tiene opinión sobre los fenómenos que encuentra. Hay que decir que estoy deslumbrada, que ésta es otra dimensión de mis sencillas crónicas de territorios, que con Claude nunca una tribu urbana es esa tribu aislada, que de ninguna manera quiere hacer una revista política como las que yo conozco pero que no se podría decir que hace otra cosa que política: es un francés. Así cruzamos testimonios con literatura y estadística de desempleo —el gran tema es el desempleo— con tipo y calidad de drogas; con los ritmos de las canciones —con las letras, qué fácil— con la colección otoño-invierno que se presenta en Mónaco (y somos magníficos, vamos a verla a Mónaco).

Busco una pileta, porque me lo pide el cuerpo, y Hélène viene con su colchoneta y quiere que hagamos yoga.

—¿Yoga?

Gracias, soy occidental. No saludo al sol y para energía, energía eléctrica.

Hélène no discute, se va con su colchoneta. Unos días después no puedo más y la llamo. Voy a su casa, un departamentito de un ambiente, con hornallas —ahí está tu energía— que se enchufan. La primera vez salgo como si hubiera fumado porro, la cabeza liviana. La segunda siento —y las contengo— ganas de llorar en la clase, una congoja de raíz orgánica y por acá no ha pasado nada más que el aire. Con los días el cuerpo se alivia y su presencia se hace más silenciosa.

Me llevé de Boston libros de arte, recetas de comida vietnamita, un abrigo espectacular; la vendedora se sorprendió cuando lo pagué con una tarjeta argentina: ¿para qué quería semejante camperón en América latina? Me aburría explicarlo: Argentina no es la capital de Río de Janeiro, no hace calor en cualquier parte donde se hable castellano y no estamos siempre transpirados y bailando salsa debajo de las palmeras. Antes de irme, una tarde llamé a la casa de David. Yo era una nena cuando él se fue y nunca habíamos hablado, lo sorprendí. David (Doodee o en todo caso Deivid) era un científico, un tipo de ciencia base, alguna opinión debía tener sobre el baile en el que nos estábamos metiendo. Uh, me dijo, es largo. Nadie le había hablado de los planes, nadie le había contado una palabra. David tenía muchas reservas, muchas preguntas, muchos "no se sabe qué pasa después de que instalás un gen antiherbicida o un gen antiinsecticida: qué mutaciones nos esperan", frente a mi entusiasmo por la modificación de semillas. Discutimos —fue lindísimo— más de una hora y en ese disenso afiancé —descubrí— algunas de mis posiciones: el miedo al futuro siempre había existido pero los científicos —¡David, imaginate la audacia de la idea de la vacuna!— íbamos hacia adelante. Podíamos alimentar a todos, dejar de perder el tiempo en hacer adelgazar a los gordis y poner tecnología que ni siquiera existía todavía al servicio de un mundo mejor. Sí, lo decía yo, con lo mal que sonaba: un mun-do-me-jor. No era una película ni un sueño lejano; eso estaba en mis manos, en mi inteligencia.

Volví a casa, donde la contienda papá-Gustavo —una guerra de baja intensidad que no tenía respiro— me convenció de que tenía que mudarme rápido. Empecé a buscar departamento en Capital.

Empieza el frío, me cuesta salir a la calle. Claude dice que no es para tanto, que tampoco vengo del Caribe y sí, no es para tanto y no, no vengo del Caribe, pero lo único que se me ocurre cuando piso las escaleritas mojadas de París, es volver corriendo a este cuarto en esta casa. En trasnoche, tirada en el sillón y tapada con la frazadita bordó del avión, pesco "El exilio de Gardel", en un canal de cable. Alan viene con una caja de pañuelos de papel y me abraza y así la vemos: lloro desde los títulos y me peleo con por lo menos una palabra en cada línea del elemental subtitulado francés.

Me meto con los negros que hacen piruetas a las puertas del Pompidou, conozco —gracias a que no soy francesa y a un affaire con uno de ellos— los cuartuchos donde viven, me siento a vender baratijas, aprendo cantos, gracias a sus vidas escribo mis mejores notas y eso me importa un cuerno: tengo un yunque apretando sobre las costillas. Llego a yoga tensa como la cuerda de un equilibrista, en el límite como el equilibrista arriba de la cuerda. Hélène —ahora voy a su estudio— no me presta atención, apenas nos da un par de indicaciones a sus cuatro alumnos y trato de seguirla, de chupar el muslo al hueso, de enderezar los codos, de dejar que los pensamientos pasen y sigan de largo. Más o menos funciona hasta la relajación: inhalo y exhalo; inhalo aire, exhalo agua salada, inhalo flema —con ruido—, exhalo agua y moco; inhalo y ya se me aflojó el pecho y me tengo que levantar en pata y guardarme en el baño. Cuando la clase termina me cambio sin hablar. ¿Me estaré por indisponer?

A la noche hay fiesta; hay vino tinto. Claude —se ve que info Francia funciona rápido— me lleva a un rincón y me dice que tiene una idea: hagamos una producción sobre la Argentina. Sobre los exiliados que volvieron de Europa en general, de Francia en particular. Su adaptación. Sus hijos, francesitos.

—Ridículo, Claude, eso qué les importa a los franceses…

—Habría que ir a trabajar un par de meses ahí.

La música está muy fuerte, tengo un redoblante en el cerebro. Lo agarro a Claude de sus pestañas pintadas y lo saco al balcón.

—¿Me estás echando?

—No, mi amor, si dejás de llorar quiero que nos casemos los tres.

Sí, me quiero ir, pero sin plazo fijo ni nota, no quiero "ir a Buenos Aires", quiero volver, hace rato que canto tangos y en cualquier momento empiezo con las de Nacha Guevara. Me despierto bien temprano y salgo a arreglar lo del pasaje; no son las 10 y ya estoy de vuelta; vengo silbando y traigo panes, fiambre, quesos, croissants. Claude piensa que no es festejo si no desayunamos con champagne.

Papá no me lo decía, pero sugería que si iba a comprar un departamento comprara algo un poquito más grande, un poquito más serio. No un bulín de soltera sino una casa, un hogar donde, en fin, hoy, mañana, en dos tres años... Aunque me cosquilleaba la idea de que tal vez no fuera lo que yo quería-quería —con lo felices que habían sido estos meses—, yo también pensaba, allá en el fondo, en una familia, pero seguía célibe, contenta y sin novio.

✳
Noviembre 1988

Un tren lleva a otro tren y éste va a Quilmes, de Buenos Aires. Me late la impaciencia: más de un año afuera y el tren tan lento. Laboratorios Loewenthal y Gabay me reciben en la cara de una secretaria. La convenzo de que me deje pasar. Abro la puerta que me indican pero no veo a ninguna María, veo gente, un montón de no-Marías con guardapolvos grises.

—Busco a María Gabay.

Le gritan y sale. Me recibe:

—La puta que te parió, la recontraputa madre que te parió.

La abrazo con abrazo que se incrusta y ya no lo podré sacar de mí. Cómo la quiero a esta mina.

—Me retrasé.

—Te creció el pelo.

—Sacate el delantal y salí al recreo, dale.

—Tengo trabajo.

No le doy opciones. La saco del feudo, la subo al tren y le resumo el viaje. Llegué hace un par de semanas. No quería ver gente. Vamos a ver si vuelvo a la facultad.

Se me aceleró la vida. Primero, toda esa noche hablando, ginebra —ella, yo nada— y hablando en su casa, su alegría. Su alegría, ella decía, por Buenos Aires y decía por verme, entonces por qué se había borrado así de Buenos Aires y de mí, pensaba yo, pero no dije nada.

Después vayamos a ver el amanecer al río, qué lindo es el río, después comamos churros, dale, después acompañame a ver unos libros, yo iba, como borracha; a las tres, cuatro de la tarde nos reíamos de los semáforos, de los pantalones nevados, de las caras de las modelos de las revistas.

—Tengo que ir a trabajar, Flor.

—Mañana, ahora vamos a dormir.

—No, ya falté la semana pasada.

—Sos la dueña, Gabay.

—Sos un peligro, tengo cosas que hacer.

—Mmm… no estás en condiciones.

—A mi casa vamos, que si queremos salir está el coche.

Fuimos, Florencia rozaba las paredes, tocaba las cosas. Ah, la burguesía nacional, se reía. Quedémonos, me dijo, tirémonos en el parque, que nos atiendan, que nos traigan helado, que nos preparen el baño, prestame una bata.

Nos metimos en el hidromasaje —papá se lo había hecho traer de Italia— y caímos aplastadas en las reposeras. Un ratito de silencio, el mundo se hamacaba pero yo venía en quinta y no me entraba el sueño. La desperté:

—Te quiero mostrar algo.

La llevé al fondo del parque, donde tenía mi huertita con las semillas que había traído de Boston y entonces le conté todo: que quería fabricar supervegetales, poderosos tomates que contuvieran proteínas; superarroz barato y completo como la mejor cena. Ella sabía de qué le estaba hablando, insistía en que el hambre no era un problema de producción sino de distribución, volvía a fórmulas que tenían recontrapasada la fecha de vencimiento, incluso para ella. Yo no quería discutir de la distribución, quería crear algo que la hiciera superflua. Su oposición, sobre todo esa negativa a entender lo que le decía, me crispó. Pero ella, como siempre, veía otra cosa o, como siempre, no perdía el tiempo hablando de política conmigo.

—Qué bien que te hizo este año, María.

—Estoy bien. Pero ahora estoy enojada con vos.

Me abrazó.

—Qué suerte que volví.

—Yo tengo razón.

Me abrazó.

—¿Dónde está el helado?

—No me trates como a una idiota.

Me abrazó.

—Te extrañaba, chica rica.

—No se notó.

—Tengo hambre.

—Salgamos de acá.

—¿Seguís manejando como una loca?

Fuimos a su casa. Compramos milanesas hechas —puro pan rallado— cerca de la estación. Nos dormimos temprano y al otro día sí fui al laboratorio.

A qué había vuelto Florencia? ¿A cerciorarse de que todo tiempo pasado fue mejor?

No tardo mucho tiempo en darme cuenta de que no voy a poder retomar mi vida anterior como si no hubiera pasado nada. El país está distinto, el clima del partido cambió y, lamento reconocerlo, pero no consigo creerle nada a nadie.

Como de casualidad, me invitan a un par de fiestas muy modernas y voy y me siento tan fuera de lugar pero, en el fondo, tan conectada. El estilo "todos a bailar" no me calza —¡no sé bailar!— pero lo entiendo más que el falsete que se usa en el partido.

Enseguida consigo un trabajo en el Concejo Deliberante. Soy perfecta para jefa de prensa, puedo escribir las ideas que debe tener mi concejal con más gracia que mi concejal y para el medio donde corresponda que figure mi concejal. Pero no estoy conforme. No les creo y no les creo y no volví para esto. Voy a tratar de entrar al periodismo raso, si todavía no estoy demasiado quemada.

D e repente, nos veíamos todos los días. No había ninguna excusa en particular, ya no teníamos ningún ámbito en común y de reojo, con cara de europea, ella cuestionaba el proyecto con el que yo estaba haciendo mi tesis y en el que estaba poniendo el alma.

Peleábamos por eso sin parar. ¿Sos esencialista, Florencia, estás segura de que hay una naturaleza esencial de las cosas, sabés que es inmutable? Como David —"no se sabe qué pasa después de que instalás un gen"—, Florencia erigía la duda como objeción y flirteaba con el ecologismo que —le señalé— les sentaba mejor a sus amigos franceses que a todos los muertos de hambre de acá nomás. No había caso.

Una noche en su casa me animé. Puse una mano sobre sus cicatrices y canté:

—¿Vos estás en contra de la intervención científica sobre los cuerpos?

Florencia me sacó la mano y no se dio por aludida.

Peleábamos, pero Florencia estaba incómoda desde su regreso y conmigo, que no tenía nada para exigirle, que su gloria del pasado me daba igual, se distendía. Y a mí me abría los ojos su mirada cruel sobre mi familia. Otra vez, a las dos nos cerraba el negocio.

Viene a casa María. Viene ella porque tiene coche, porque es fácil, porque no hay mucamas ni papis, creo que se siente de campamento en casa, que le da risa la escala, los muebles de pino pintado o de caña, el armatoste que tengo por grabador. No trae nada, no se le ocurre que si no le gusta mi Arlistán puede mejorar la oferta, viene con-las-ma-nos-va-cí-as, mira con desconfianza mis tazas pero no las enjuaga, saca el banquito, abre la heladera, revisa, no le gusta nada. "Tengo un plato coreano que hice para el mediodía", le digo. "Un chino trucho." No, paso, dice. De los brotes de soja, paso, gracias. Me lo dice con mala cara y gira —eso va a cenar— para inspeccionar la fecha de vencimiento de mi yogurcito de vainilla.

—¿Por qué no arreglás esta heladera?

Ja. Está podrida la pata, le muestro. Y la pata sostiene la puerta. Esto no sirve más, es demasiado caro arreglarla y no me alcanza para una nueva.

Mira mi heladera, la señorita Gabay. Se agacha, chequea la información. Sí, está podrida.

—¿Es tuya? ¿La podemos agujerear?

Efectivamente.

—Entonces se puede poner una bisagra para que sostenga la puerta y no apoye en la pata.

No entiendo cómo no le gusta mi soja: me habla en chino.

—Necesitamos una remachadora y un taladro.

Está entusiasmada, casi diría acelerada, si María tuviera acelerador. No tengo taladro, le digo, pero tengo vecino, el que puso todos los estantes. Remachadora... no sé qué es.

—¿Sos técnica en lavarropas y heladeras?

—Escultora.

Claro, con algo retuerce y emparcha el metal de esas figuras que tiene colgadas en el taller. No sé, María, si vos tenés una remachadora vamos a buscarla...

—Mejor, vamos a la ferretería.

Salimos por Lourdes, tardecita de primavera. Es esa hora en que no está oscuro pero algunos negocios ya prenden las luces, todo el mundo vuelve de trabajar y pasa a hacer las compras, hay gente charlando en la vereda, ya una no sabe si salir con abrigo, cuando no lo llevo hay un momento en que tengo frío, si lo llevo lo cargo todo el día.

María va derecho, no quiere que tomemos un cafecito en el bar, no quiere mirar la gente, ni se me ocurra discutir sobre el saquito de lana, quiere una remachadora y así me entero de que eso no es una máquina industrial sino algo parecido a una pinza grande. Remachadora pide —yo pago—, discute con el ferretero sobre el tamaño de los remaches, lleva una mecha para metal (¡el taladro sirve para agujerear metal!) y salimos. Ahora hay que ver si está el vecino, le digo. No lo había pensado.

—No. Compremos uno.

Así que pegamos la vuelta y María me hace un regalo, se hace un regalo para dejar en mi casa.

Y trabaja. No me necesita para nada: sostiene con un pie, encuadra, saca la puerta, agujerea. Funciona.

Florencia tenía ideas nuevas sobre su profesión, quería registrar otras experiencias, vida y obra de los raros, no sé. No quería nada con la información, decía, con diarios, ¡con diputados!, se quería tirar a la pileta, bye bye concejal y buscar su "propia mirada" (sic), eso que cantaban los chicos en los fogones a los 16 años, le decía yo y ella que no, que yo no entendía, que la sociedad civil, que salir de las instituciones, en fin. Ni la sabiduría indígena faltaba en el nuevo discurso. Aunque venía a casa y se encerraba a hablar con papá, con el laboratorio no quería nada, ni un trabajito pasajero, como hacer un enlace con los medios, ni escribir lo que eventualmente había que presentar en publicaciones, ni —papá se lo ofreció— redactar las intervenciones de él en los congresos adonde iba. Andaba de noche, pateaba la calle, se juntó con unos cuantos para hacer una revista con mucho sexo y algunas drogas. Con ellos —ella era la normal del grupo, su apariencia no había cambiado gran cosa en el viaje— fuimos a una discoteca llena de tipos con tules y maquillaje. Uno, altísimo, recitaba versos con mucha exageración en la puerta de los baños. Florencia se presentó —"Te traigo un paquetito de París"— y él dejó su puesto —por los versos le daban billetes, pellizcos, rayas—; nos llevó a una cocina con una mesa cuadrada, destapó una botella —yo no, yo nada—; le puso una mano en el hombro a Flor; guardó en una cartera dorada el paquetito y echándose hacia atrás:

—Ahora hablame de mi Clota.

—Hermoso. Y un hombre muy respetable, un señor. Vos contame del otro Claude.

—Pero no lo vas a escribir...

—Sí, lo voy a escribir y lo voy a publicar. Y a él le va a encantar.

El tipo altísimo se agarró la cabeza con las dos manos, cerró los ojos.

—Te lo cuento si bailamos.

Salieron a la pista, sonaba una especie de bolero. Florencia se perdía entre los tules.

Hay que reconocer que la primera idea fue mía, no sé cómo creció, sí cómo lo decidí. Estaba sola en el laboratorio porque ya era muy tarde. Quería analizar unas pastillas adelgazantes que David me había mandado, con vegetales de Oriente. Prendí el fuego, lavé las pipetas y pensé otra vez en una mujer ¿Y si tengo que amar a una mujer? La duda me zumbaba en el oído desde hacía semanas. ¿Y si es una mujer? ¿Si no es que nada, que estoy mejor sin nada sino que quiero una mujer? ¿Si tengo que cambiar de paradigma? Probé calentar las pastillas en una cuchara con agua. La duda ya existía, habría que verificar: amar a una mujer. Busqué el tamiz. Tampoco exagerar: amar no era, en principio, necesario. Ajusté el microscopio: me hacía falta un lente de mayor precisión. Besos de mujer. Manos de mujer tocándome. Florencia desnuda sobre mí. Concentré la vista en el polvo. Agregué un colorante. Florencia me diría que sí if I tell you the right words at the right time. Puse un casete lo más fuerte que me bancaba y acoté la cabeza a las partículas que mostraba el microscopio. Y llamar a Florencia. At the right time.

En el principio, cuando el verbo solito, digo que no María, claro que no. Que me halaga, te entiendo, pero yo no. Que esto que pensás ahora ya lo pensé hace mucho y ya decidí que no. Que no, pero no. No es que no me tiente, pero me da miedo la adicción. Digo que vengas y charlamos hasta que no te quede ni una palabrita. Que te adoro, que no me asusta, pero no sé y no quiero.

Enseguida cómo estás, contame qué pensaste, yo creo que una vez no sería grave, pero la amistad, las pelotas de Mahoma y el después. No la experiencia que regodea sino el abismo, la nada después del orgasmo.

La imagen de María colándose entre mis papeles. Viajando conmigo en el tren a Lourdes. María no es ella, no es todavía María la más mía. Son sus propuestas entre pechos y espalda.

Había tirado la idea en el buen humus de Florencia y desaparecí. No fue intencional: había un curso interesante en Ginebra y yo no quería perderme ninguna oportunidad, así que metí mis dudas íntimas en el bolso y me fui a ver biólogos apenas se callaron los petardos de Año Nuevo, evento que en casa nos tenía sin cuidado pero que determinaba el comienzo de las clases. El curso duraba una semana, no era fácil, todo el mundo tenía más papers, más preguntas, más laboratorio y más expectativas que yo. Pero ahí, en Ginebra, entendí qué argumentos había detrás de la mirada europea (y torva, así se dice) de Florencia. Lo entendí y me quedó clarísimo: yo tenía razón.

No me había olvidado de mi semillita en el humus pero tampoco esperaba que germinara tan rápido: todavía no había apoyado el bolso sobre la cama y ya sonaba el teléfono.

✳

Enero 1989

Tengo miedo.

—No hagas nada que no quieras —susurra María desde la punta de la cama en que estoy metida. Sentada a mis pies, recatada, me dice que no haga lo que no quiera. Y yo no sé qué quiero. Se escucha —qué papelón— cómo chocan mis dientes. Me quiero ir, me quiero ir, me quiero ir pero me quedo, me quedo, me quedo.

—No sé qué quiero.

—Yo también tengo miedo. ¿Lo dejamos así?

—No, ahora no. Vení conmigo.

—¿Segura?

—No.

Me corro y entra a mi cama. Nos quedamos quietas. En algún momento saco un dedo y le recorro la cara con la punta. Como si la tuviera que mirar de nuevo, con el dedo, como si nunca la hubiera visto, como si todo fuera a saberlo con este dedo que registra por primera vez la piel de duraznito.

María no cierra los ojos, me mira. Paso el dedo por sus dientes. Lo besa. Me acerco y la toco con los labios. Encuentro la boca. Me dedico a un lento beso explorador y toco su boca, con los nudillos, con la cara, con la punta de la lengua toco el borde de su boca. María suelta la cabeza hacia atrás y casi sin moverse me recorre con las manos, me raspa la espalda con las uñas, me busca los contornos, me eriza y pierdo nociones. Sé que conozco el sabor de sus pezones, que despacio me animo a bajar la mano, que bajo, acá está, acá está la esponjita del pubis, sé que la acaricio por arriba, sin llegar a la piel, y María se acomoda, se abre un poquitito, pone su mano sobre la mía, hace presión, me unta los dedos y me suelta, me deja hacer, me deja pulsarla, no pienso nada, sigo como un perro lo que me indican unos suspiros cortitos hasta que María se tensa —apenas—, aprieta los ojos —apenas— y entra en una erupción que me agiganta, me alarga los brazos, me llena de aire, me emociona hasta el balbuceo. Balbuceo. Conozco ese cuerpo, Dios, yo sé qué hacer con María —una mujer, otra mujer— entre mis manos. Por una vez, no me miro desde afuera: todo lo que hay de noble en el mundo cabe entre estas mis manos cuando María las palpita.

A las dos horas la despierto de la amarra del abrazo. Dejarme dormir sola.

Primer game.

Tengo mucho trabajo esta mañana. Soleado en Lourdes, con temperatura en aumento. María no está. Despierto sin ella. Desayuno en el jardín. Me entretengo llevando mermelada, manteca, mayonesa, huevo a la mesita de afuera, a través de la puerta con malla por los bichos. Desayuno en el jardín, escuchando noticias de enero. Transmisiones desde la playa. Nunca pasa nada en verano. Es tarde. Todavía estoy relajada de la noche. En un ratito me voy a poner a trabajar. *El ciudadano* paga bien, pero cuesta inventar algo potable, que lo parió, me piden lo mismo de siempre y de eso no tengo más. Cuando la Franja era dorada. Mierda, no se me ocurre. Tengo el cerebro encapotado por las manos de María como un pincel sobre mi cola. Por mi cabeza giratoria, como el agua en el desagote. Desagote: me baño y ya empiezo a laburar. Algo con la juventud. Algo con la continuidad. Decido llenar la bañadera y darme un baño de inmersión. El agua está caliente. Me veo la punta del pie que emerge. Hago burbujas con la boca. Rara luz: la noche de anoche alumbra el día. Y sin embargo soy la misma.

No salgo del baño hasta que me apura el teléfono. No, hoy no voy a ir al centro. Tengo que escribir. Me hago un café. Mucho sol. En un ratito el sol se va a poner muy duro. Mejor tostarme ahora. Me desnudo y me tiro en la reposera. Transpiro. Me lleno de los recuerdos de la noche en cámara lenta. Sospecho que hoy no voy a trabajar, por lo menos hasta que oscurezca. Me quedo afuera leyendo de adioses largos. No estoy para rubias. Reviso mi colección de *Expresso*, a ver si manoteo una idea. ¿La transición en la Universidad? Saco del estante el libro bordó de McLuhan. Vuelta a la reposera. Él y Gutenberg me aburren. Prendo y apago la radio. Prendo y apago. Llenar la pileta. La limpio, acomodo las patas, tiro la manguera. María ya hace rato que debe haber salido del laboratorio. Five o'clock tea. Suena el teléfono. Atiendo afuera. Por fin. Es ella. Por fin.

—Florencia, ¿cómo estás?

—Bien. Estoy muy bien. ¿Vos?

—Bien.

—¿Estuviste bien todo el día?

—Muy ocupada. Recién me despejo.

—Yo no pude concentrarme en nada. Estuve toda la tarde tirada en el jardín.

—Es un patio.

—Eso no está en discusión.

—¿Hablaste con alguien?

—No.

—No hables, Flor.

—Veremos. ¿Venís?

—Hoy no, quiero avanzar con el paper.

Me puse a buscar departamento con método. Dejé mi nombre en las inmobiliarias más serias; desayunaba chequeando los avisos del diario; fui a ver unos cuantos, nada me convencía aunque casi me quedo con uno cerca de Plaza Francia de pura desesperación por vivir sola. Gustavo era un accionista minoritario en disidencia que papá tenía que ver en la cena, yo prácticamente no salía de mi cuarto, no me los quería cruzar. Y me gustaba pensarme en mi propia casa, en el centro, a poca distancia de los cines, con algún amor de vez en cuando, desayunando en los bares, con largos domingos de cable o en el taller y sin avisar cuando no volvía a dormir.

Vuelve en un rato. No, María no está todavía. Acaba de salir. Pasó un momento y se fue. Sí, señorita Florencia, le avisé. No, nada. Dijo que no la esperásemos a cenar. La pasaron a buscar muy temprano. Debe estar por llegar en cualquier momento. Se tomó el avión a Punta del Este. Se está bañando. Creo que tenía un examen y nunca se sabe a qué hora terminan. No se levantó, ¿la despierto? No la puedo sacar del laboratorio, cerraron la puerta y pidieron no ser molestados.

—Florencia, lo lamento, pero no está.

—Ya sé, no importa Chichí.

—¿Quiere que le diga algo?

—No. Sí. Dígale que me llame, por favor, que estoy partida en dos.

Con lo del posgrado yo estudiaba, estudiaba todo el día. Me apuraba: quería llegar a los seminarios del MIT con algunas materias adentro, en el laboratorio ya había un convenio para abrir un departamento de modificación de semillas, yo quería estar ahí y para eso tenía mucho que aprender. En algo de esto andaba también Andrés, el amigo de Gustavo. Aunque era economista, la familia tenía campos y él creía que los nuevos negocios venían por este lado y hacía algunas materias conmigo, las menos técnicas. Éramos cinco alumnos del posgrado que nos preparábamos acá y viajábamos a cursar un par de semanas por semestre y a rendir allá. A veces nos quedábamos todos en una casa que tenía la familia de Andrés en un country en Escobar, un lugar silencioso donde se podía avanzar mucho. Por primera vez, estaba haciendo lo que quería.

J uego de chicos. Se espera un llamado. Se espera rondando el teléfono, comprobando que tenga tono, averiguando sin mostrarse si ya está en su casa. Como de chica acentuaba el dolor con canciones desgarradas, como me daba con Tormenta y Valeria Lynch, ahora subrayo la ansiedad con Roland Barthes. Tengo su libro forrado en papel manteca; lo llevo a la cama, lo leo en la cocina; lo traslado en la mochila. "Espero una llegada, una reciprocidad, un signo prometido. Puede ser fútil o enormemente patético. Todo es solemne: no tengo sentido de las proporciones."

Leo veinte, veinte mil veces, el capítulo de la espera. Leo y corrijo, agrego: "Cuando se espera no se puede hacer ninguna otra cosa. La espera inhabilita para leer, mirar por la ventana o escribir una carta. Los nervios se concentran en esperar o, a lo sumo, registrar el buen funcionamiento del propio reloj respecto del de la cocina. La escena está atravesada por una decisión: en qué momento la espera se vuelve ostensiblemente inútil. Cuándo se debe dar la pulseada por perdida y resignarse a encarar el camino hacia su número o su calle".

María jamás da un dato aliviador, un dame tiempo, un dejame en paz, un salí del escenario, que yo también estaba ahí pero. Me deja sola con mi espera.

Cuando volví del curso tenía varios mensajes de Florencia —alegre, exasperada, simpática, enojada, falsamente despreocupada— y muchos llamados cortados, que supuse eran de ella. No le había dicho que me iba, no le iba a decir que había vuelto. Tenía ganas de charlar con ella, pero realmente me importaba tener un lugar propio cuando ese laboratorio se pusiera en marcha, trabajaba como una burra para ganarme lo que era mío por herencia. Yo no tenía el coraje de rechazar esa herencia pero tampoco quería jugar solamente de princesa. Andrés y yo pensábamos proponer que el departamento de modificación de semillas se concentrara en la soja y antes de meternos en ese lío teníamos que saberlo todo. A eso me dedicaba, esa urgencia mía me pinchaba mucho más que el apuro de Florencia. ¿No era que le gustaban tanto los brotes de soja, la salsa de soja, las milanesas de soja? Era cuestión de tenerme un poquito de paciencia y yo le daría buenas noticias.

✳
Abril 1989

Este tren no está adornado con letras matemáticas. Este tren que rápido ruedan las ruedas no me lleva al sol y al puerto. Ya dejé tan atrás el Partenón. Este tren no se llena de viejas arrugadas que ofrecen abanicos en idioma incomprensible, abanicos de colores y sonrisas y gestos. No. Éste no es el tren que camino con la mochila y la piel dura. Abierta estoy, receptiva, vulnerable. Abierta, éste es el tren a Quilmes que ya me trajo una vez y me repite.

Este tren no está repleto de agostos mediterráneos. Es el mediodía y somos pocos yendo al suburbio. En el asiento de atrás, una mina le cuenta a otra que le pegó un tortazo al coreano que les remarcaba los precios antes de que llegaran a la caja. Ya sé, ya sé. Yo cobro, compro dólares, los cambio de a diez. (¿Quién no vio un dólar?) Por todas partes sonríen un presidente en serio y el otro. Participo poco en la campaña, estoy prácticamente afuera. Las encuestas nos van en contra y habría que cambiar la historia para remontarlas.

En la estación algunos esperan. Bajo y hago las diez cuadras al laboratorio, junto valor, ensayo el diálogo completo de mi entrada triunfal. Practico en voz alta, por las callecitas de Quilmes. María no sabe que llego, ni yo lo sabía esta mañana.

La encuentro detrás de su puerta. Me mira a los ojos y listo, preciso apuntador:

—¿Qué hacés acá?

—Pasaba.

—Claro. Termino en un par de horas.

—Te espero en el bar de la estación. ¿Tu viejo está?

—Fijate en su oficina. Nos vemos en un rato.

Rodolfo Gabay me recibe, imponente. Me gustan su escritorio y su porte.

—Ah, la correligionaria. Siéntese. ¿Le pido un café?

Le digo que sí y pongo el casete del partido, es una formalidad, pero me veo en la obligación de hacerlo. El hombre no nos piensa dar ni su apoyo ni su voto.

—Ustedes nos acorralaron y ahora vas a dejarle la patria a un caudillo...

—No me asustes que no me asustás.

Dónde quedó el país casi progre del '84.

—No te estanques, Florencia. Los tiempos cambian. Se viene una mano brava, hay que cambiar. Yo mismo, esta empresa está en eso. Mirate al espejo: estás igual que cuando te conocí.

—No sé.

—Fijate cómo cambió María de un tiempo a esta parte. A mí me cuesta, pero se ve que evoluciona.

—Sí, cambió.

—Está más segura, más desenvuelta, más clara. Más científica. Toda una mujer.

Cómo le explico a Rodolfo Gabay cómo y cuánto es una mujer su hija. Cómo le digo sin decirle nada que no me recuerde que María se soltó y anda por ahí eligiendo amantes. María cambió de abajo hacia arriba, salve Alfredo crece desde el pie Zitarrosa.

F lorencia entró a una revista semanal más bien política, es decir, más tradicional que lo que venía proponiendo, más cerca de América latina y lejos de Francia, más cerca de la década pasada que de la que venía. De algo, decía, tenía que vivir. Seguía, de todos modos, con sus amigos pálidos y sus historias raras. Contar esas historias era lo que la conmovía, la había visto tipear como quien toca el piano, variando los ritmos, la fuerza del golpe en la tecla, cerrando los ojos para buscar una palabra. Acá no habría nada de esa pasión pero la revista le puso un orden, un horario, una tarjeta con logotipo. Un día fui a buscarla —había insistido mucho— y vi su lugar de trabajo, no era lo que yo me imaginaba. Había millones de escritorios y una mesa enorme en un salón que tendría 80 metros de largo. "La cuadra" —¡claro!— le decían. Florencia tenía una sillita en una punta de la mesa y ahí escribía, tironeando del teléfono con tres periodistas más, que sufrían la invasión de sus papeles. Cuando llegué le leía sus declaraciones a una líder indígena. Florencia había escuchado a esa mujer el día anterior, las dos sentadas en una manta en el suelo, y sencillamente había transcripto lo que la mujer decía, pero salidas de su máquina, las palabras sonaban de otra manera. La mujer estaba en huelga de hambre para que le devolvieran a su comunidad unas tierras, Florencia había conseguido que la arrimaran a un teléfono para confirmar que la dirigente reconocía como suyas esas palabras y las iba a firmar. Cuando colgaron, la vieja Florencia Kraft mostró la hilacha. Le había dicho que sí. Y más. Hasta ella, la india en huelga, se había emocionado: "No sabía que yo hablaba tan bien". Florencia no la desmintió, pero ella sí sabía: "No, señora, soy yo la que escribe tan bien", me dijo.

Raro que finalmente me venga a buscar, raro que se meta en la redacción, que espere, que me pida que nos sentemos a tomar algo en la esquina. ¿Qué pasa? María me mira con cara de qué viva soy, somos amigas, ¿no?, hablamos de hombres, de amantes, ¿no? Sí, sí, claro. Hace rato que me viene hablando de amantitos, se lanza a la arena María Gabay y —como las chicas del fogón a los 16 años, señalo— ahora quiere cantidad y variedad, para decirlo fino, cualquier pija le viene bien, en las palabras de mi rencor. El último chiche es un yanqui que vino a dar un seminario con los chetos del posgrado; María lo histeriqueó, lo llevó al laboratorio para encandilarlo con el brillo del oro, lo volvió loco. Lo invitó —tenés que conocer el rock nacional— al recital de La Portuaria.

María pide —ajj— una Tab. Muerde el vaso.

—¿Y?

El yoni la iba a pasar a buscar por la casa. Apareció puntual pero no solo. Llevó —poor guy— un amigo al que se le deshizo una cita a última hora.

—Me sorprendió, yo planeaba dormir juntos, pero...

María sonríe… ¿Me está por contar que se enamoró del profesor y se va a estudiar con él a Groenlandia? No, calma.

—Subí al coche.

—¿Vive en otro país y tiene coche?

—Alquiló uno. Apenas arrancamos tomamos un cuartito de un cartoncito.

—¿Manejaba drogado?

—Escuchame, Flor.

OK. Mejor escucho. Así me entero de que él le abrió la puerta a María, como un caballero, y que adentro la acercó y la besó, aunque nunca la había besado antes. Con el otro atrás, la tocó. María quería estar con él, lo dejó. Salieron a la Panamericana, muertos de risa. Música fuerte y amor. El tipo le acarició las piernas, le tomó la mano, se la puso en la bragueta. María —me quiero morir— le abrió el cierre, sorteó el calzón. Agarraron la General Paz, casi a oscuras. El tipo le agarró la cabeza. María, mi rubiecita,

—¿Te sentiste amenazada?

—No, caliente

se la chupó. Ahí, en el auto, con el conductor drogado y otro tipo atrás.

Tengo un nudo en la garganta, no sé qué decirle, pero debo estar soltando algunas palabras con el automático porque María me cruza:

—Escuchame, no terminé.

Claro que no terminó, el amigo no estaba ahí de adorno. El yanqui la abrazó, con un brazo, cuando acabó. Ya andaban por Lugones —¿bajó en plena fellatio?—, pegó la vuelta y volvió a meterse por General Paz. "No vas a dejar a Johnny/Mick/Rick/George así, ¿no?" No, no. María pasó atrás, se bajó los pantalones y la bombacha hasta los tobillos y así, engrillada por su propia ropa, se lo cogió hasta Parque Roca. Y a continuación el yoni titular —ahora manejaba el otro— se la puso casi hasta la puerta de su casa, donde la dejaron de vuelta, con las entradas en la cartera.

Otra Tab.

—Fue de película —me dice.

Mmmm.

—¿Cómo estás?

—Cansada, imaginate.

Me paro, rodeo la mesa, me siento a su lado, la atraigo hacia mi hombro. María se agarra a mí.

—Entré corriendo a casa, corrí hasta mi cuarto…

Yanqui go home.

—Yo no sirvo para esto, Flor…

El cristalcito que es María tintinea finito, finito. Le toco el pelo.

—Loca de mierda, vas a estar bien, no pasa nada, just a walk on the wild side…

Viene a dormir a casa. Le hago té con miel. No se me ocurre rozarla.

Había cometido dos errores: para llamarle la atención, para mostrarle que él no era tan cool, para ponerle picante a mi imagen de angelito de misa de domingo, para entrar en tema, le había contado al americano lo de Florencia. Y, mucho peor —a él no me lo cruzaría nunca más—, a Florencia lo del americano. Aunque ella estuvo discreta y no me torturó con el asunto, yo sabía que lo sabía y que había dado un flanco.

No puedo pensar.

No me acuerdo de lo que me dicen, no aprendo nada, tengo las neuronas intoxicadas de María. Le gasto la batería al beeper del contestador levantando mensajes —nunca es ella— desde todas partes, me dejo todos los horarios libres por si aparece, trabajo de memoria, no le cuento nada a nadie para no disgustarla ni mentirle, me tienta meterme en una iglesia y confesarme, para tener a María algunos minutos en la boca. No quiero matrimonio, quiero sentirte una vez más. Quiero una vez más, una solita, una más y no jodemos más, le digo, en el diálogo interno que sostengo con María casi todo el tiempo. Pero en la práctica soy muda, en cumplimiento de pactos preexistentes.

María finge que no pasa nada cuando eventualmente la pesco y hablamos; se mantiene al tanto de mi vida pero me tiene a raya.

P ara su cumpleaños de 60, papá se armó una fiesta donde se encontraría todo el mundo. Un poco era una excusa: se venían las elecciones y no estaba mal contar porotos. Y yo tenía que estar, por supuesto, todos teníamos que estar en la foto. "Que venga tu amiga la política", me dijo. "Como amiga, no como periodista."

Cómo no, Florencia vino socarrona, a presenciar cómo era que yo trabajaba de florero, cómo decoraba los eventos diplomáticos de papá, con cuánta sonrisa me ganaba mi sueldo de hija. Vino bastante elegante, también; después de todo estaba en su salsa. Estaban invitados sus jefes, no estoy segura de que papá le haya hecho un favor cuando la tomó del hombro, le secreteó, paseó con ella, se paró frente al director de su revista y se quejó de haberla perdido a manos de ellos. Yo la miraba de lejos; era simpática pero sobre todo era medida, estaba extraordinariamente sobria; pasaron las copas frente a sus narices y ella no abandonó el juguito de pomelo.

Yo no charlaba con nadie, era la anfitriona, recorría los grupos, me preocupaba —era un gesto, nada concreto— por su comodidad, me quedaba junto a Gustavo, para tomar parte del besamanos protocolar. Cada tanto

Florencia y yo cruzábamos las miradas y ella se burlaba de mí; ella sí tenía cosas que hacer ahí —como periodista, no como amiga— y las hacía como de oficio. Hacía calor, los últimos calores del año, estábamos alrededor de la pileta pero nadie podía meterse. De repente, tuve una idea loca:

—Vámonos a tu casa.

Creo que se escuchó el frenazo en el corazón de Florencia.

—Vos te tenés que quedar hasta el final.

—Me quiero meter en la Pelopincho.

Los caprichos son lo mejor que tiene la gente y en este tiempo María es cuadro de honor de un curso Ilvem al respecto. Pero yo no soy la hija del millonario y no pienso arruinar mi vínculo con él, así que la joven tiene que esperar, inventar una excusa, armar una salida elegante. En el coche me río, hablo, trato de que no se note lo nerviosa que estoy.

El agua de la Pelopincho está tibia, es un caldito. Ahí, en esos 50 centímetros de profundidad, se sumerge María Gabay, en bombacha. Se cuelga con los brazos, apoya la cabeza en el triangulito naranja. Yo me quedo afuera, me hago —ahora sí— un fernet, me siento en una silla de plástico, con los pies sobre el caño de la pileta. Miro el cielo.

María se incorpora para salir:

—¿Me prestás una remera?

Entro a la casa —siguen en vigor todos los pactos—; salgo con una remera blanca lisa (ella todavía está parada en la pileta); se la extiendo.

—Estoy mojada.

Ay, María, sos una hija de puta, cuál puede ser la siguiente línea de diálogo sino:

—Y yo, ni te imaginás.

Pero no, yo dije que sí cuando ella ¿propuso? que hasta acá, así que como me parece que se me va a ver la respuesta en la cara, bajo los ojos, busco la salida de emergencia, vuelvo con una toalla, se la ofrezco sin mirarla.

—Flor.

No es el vocativo lo que formula la invitación, es lo inadecuado del vocativo; es mi nombre en un momento en que no hay para qué decirlo lo que denuncia que hay que entender algo; ese "Flor" no se responde con palabras; no se le pregunta nada a esa chica que ya ha salido de la pileta, que tira a la baldosa la toalla que traje y se sienta sobre ella.

—Estoy mojada.

Me siento detrás de María. Le barro el omóplato con la mano.

—No tanto —le digo.

María se hace una cola con el pelo, pasa los dedos por ella como un anillo, escurre el pelo sobre la espalda. No me calienta su desnudez, sí que me la ofrezca. No sus tetas, sí el agua que con toda intención sigue la línea de la columna. Con la boca ¿bebo? una gotita, otra gotita, las gotas de la espalda, las gotas de un hombro, las gotitas del cuello. María se acuesta con las manos hacia atrás y voy despacio, lamiéndola ya, lamiéndole todo el tramo desde la axila hasta la cadera, demorándome un rato en la cintura.

Se podría decir que María se retuerce y sería cierto pero exagerado. María se retuerce en grado 0,1; una contorsión minimalista.

No hablemos de amor.

—No.

—Esto no es amor.

—No.

—No es amor.

—No —trago—, no.

Florencia estaba preocupada por el ajuste del alquiler, ocupada en compartir con su vecina los botellones de aceite barato que conseguía en la feria comunitaria, alejada del partido, armando asociaciones barriales para aguantar el sacudón. Y embalada conmigo, como si un resbalón, un tropezoncito, el caramelito del cumpleaños de papá cambiara en algo nuestros acuerdos. No lo dijo, pero se le notó la rabia en la cara cuando le dije que me iba a Casilda con los chicos del posgrado, para hacer algunas pruebas en el campo de Andrés. Sin motivo: yo la había invitado, solamente para presentarle a Maximiliano, el más "humanista" de los del grupo, un tipo flaco, pelirrojo, superdotado para la biología y encima culto. Yo no tenía la menor duda de que ése era el hombre de la vida de Florencia pero ella no vino, creo que más porque teníamos las elecciones encima y era una locura pedir una semana que por despecho. Creo.

Se muda, nomás. María la evolucionada deja palacio y se va sola a un departamento de tres ambientes frente al Zoológico. Lindo, pero nada que ver con la mansión. Tiene un living en L con una mesa en un lado y un sillón en el otro; su pieza —su cuarto— y el taller, en la habitación más grande. Está muy contenta al final de este día en que armamos toda su casa. Me dice que está contenta porque me siente amiga, porque somos las de siempre, porque ahora sí ya está y ya pasó. Y yo que me voy, que me voy, que me voy y no me he ido. Y ponemos la tele prudentemente en el living, vemos la sangre en Pekín primero, "Pacto de amor" —la saqué en Liberarte— después. Quietitas, sentadas en el sillón. No puedo pensar en la película porque estoy atenta a los puntos de contacto entre nosotras. Un poquito, mi rodilla izquierda, su rodilla derecha. Apenas, los hombros. ¿Está acomodando los brazos para tocarme? ¿Ella también quiere que cojamos otra vez, haya dicho lo que haya dicho? Son —dice la caja de la peli— 115 minutos de miedo.

Cómo sacarle el camisón. Cómo correr el camisón sedoso. Cómo bajarle las tiritas azules y humedecerle los hombros. Duerme y ronca. Duerme y yo me doy vuelta y me acaricio, me toco fuerte el clítoris, oprimo y suelto y el dedo se aceita. En la verdad no me animo a abordarla. En mi videoclip ella está sentada en la mesa de la cocina: yo escurro la cara entre sus piernas. De pie, contra un armario: muerdo su culo, deslizo la lengua entre las nalgas, me corro hasta debajo de sus piernas abiertas y la oigo gritar hasta que me llega el orgasmo y me dejo caer otra vez en la cama chica. Triunfo de la tirita azul.

Agosto 1989

Quiere que la acompañe a la playa y que sea ahora.

—Salimos a media mañana.

No puedo negarme al mar y al pedido de María. Solas por una vez lejos de casas. En un rato tengo todo arreglado, aunque me pelee con la revista completa.

—Quizá cae Andrés con un amigo. No es seguro.

Puta que la parió, siempre en el filo. Y yo que mandé todo al carajo para estar sentada en este asiento hacia el masoquismo.

—Me vas a arruinar la carrera.
—Y vos me vas a arruinar el viaje.
—Y vos me vas a arruinar el corazón.
—Y vos me vas a arruinar el coche. Sacá las patas, forra.
—Me vas a arruinar mi castellano castizo.
Silencio.
—¿Qué quiere decir "castizo"?

La ruta se inventó para este Honda. En algunos tramos, llovizna.

—Gabay, quiero volver por la 3.
—Es muchísimo más largo.
—Azul.
—Nos va a llevar unos días.
—¿Por qué no?

Estoy nerviosa. ¿Qué hago con el teatro del nunca pero nunca más? Su autoridad en la palanca de cambios. Igual, seguro va ese boludo que estudió con Gustavo cómo cagarnos mejor. Cambio el casete.

—Poné a Clapton.
—Laurie Anderson.
—No, me voy a dormir, es peligroso.
—Chantajista y mentirosa.
—Sí. Me pudre Laurie Anderson. Dale, poné a Clapton.
—Ella Fitzgerald.
—Tom Waits.
—Touchée.

Corre la voz de fumador de Tom Waits. La ruta.

La casa tenía ese agradable olor a cerrado. Florencia subió las escaleras para ver la parte de arriba y yo prendí la estufa y abrí las persianas.

—No, nena, prendamos el hogar.
—Hacer fuego es una historia.
—Yo me encargo.

Se puso a trabajar. Había leña cortada y no quiso usar alcohol ni nada. Al rato el hogar ardía y Florencia estaba negra.

—Me voy a bañar. Traeme un toallón.
—Sacalo del armarito, al lado de la pileta.

Estaba ansiosa. Había dejado la pelota en terreno de Andrés y si no venía iba a tener que mandarlo a la mierda.

—¡María, subí el calefón!

Abrí la puerta del baño:

—Voy a hacer algunas compras.

—Esperame y te acompaño.

—Prefiero que prepares un café y, cuando vuelvo, merendamos.

El frío me hacía sentir duras las mejillas pero también me daba una rara alegría. Contra el frío estaba más viva. Compré una torta de queso casera, especialidad de una vecina, y una Selva Negra lujuriosa. Y leche y bebidas. Volví supercargada.

Con los dedos congelados abrí la puerta y ahí estaban Andrés y Maxi, con los bolsos en el piso y calentándose las manos en el fuego.

—Guau, qué rápido.

Me quedé sonriendo a lo bobo.

—¿Te llevo la bolsa?

Entré con él a la cocina.

—Poné los fideos ahí arriba.

—Sí, señora.

—Tenés que acordarte dónde va cada cosa, no te lo voy a decir a cada rato.

—No sabía que eras tan mala.

—Si te hacés cargo, me voy a terminar de bañar.

Era Florencia que, con el pelo mojado y en ojotas, filtraba el café.

—Pobre, la sacamos de la ducha —se rió Andrés. Lindo.

Ese día Florencia estuvo terrible. No era capaz de hacerme la menor pata. Como a las nueve puso su peor cara y dijo que tenía sueño.

—Ya viste mi cuarto. Acostate donde quieras.

Andrés, Maximiliano y yo salimos a comprar pizza y cerveza. Fue una linda noche.

Después de las doce, Maxi se sentó a escuchar música.

—No, tengo frío. Vayan ustedes.

Caminamos por la playa. Él tampoco estaba tranquilo.

—Son terribles los segundos antes del beso.
—Tienen lo suyo.
—Vení.

Me besó la frente. Le mordí el bigote. Me apretó y estaba duro. Nos acariciamos.

—Vamos a casa.

Nos metimos en la cama grande e hicimos el amor dos veces. Después él se durmió y yo me quedé boca arriba, con su abrazo en el cuerpo.

Un libro y la playa. Fui yo la que dijo que siguié-
ramos cerca aquella vez. Que amigas sin sexo,
OK, pero amigas. Que te necesito cerca. Me gusta el sol,
me gusta este buzo azul. Me siento fuerte, me siento mejor, mejor madera que estos muchachitos. Ya la vi levan-
tarse con él, ya sonreí, ya salí con el libro y tengo una
serena tristeza. Leo. Voy a ser productiva si no puedo
cogerla cuando se me dé la gana. Leo, ya que no sé pegarle hasta que me ame.

Andrés y yo, estaba cantado. Hacía rato que éramos un equipo, teníamos ese inmenso trabajo en común en el laboratorio, nos entendíamos con la primera sílaba de una oración. Yo sabía desde mucho antes que estaría con él, pero los dos habíamos sido pacientes, había mucho que perder si alguno de los dos se equivocaba. Y ahora lo tenía adentro, lo tenía acá y estaba segura de que sería para siempre. Él también: desde el principio nos llevamos como un matrimonio.

Oscurece rápido y no veo las letras y no quiero volver a la casa. Pateo arena hasta la costa. El mar es un monstruo de noche. Atractivo, el mar llama y creo que entiendo aquello de las sirenas. Me siento en la costa y lo miro. El mar de noche me da miedo. Tengo que salir de esta historia, tengo que salir de alguna manera.

Una luz se acerca. Es Maximiliano, con sus botas de lluvia negras y su linterna.

—¿Me puedo sentar?

Claro, le digo, y me paro.

Con helada y todo me desnudo, dejo la ropa al lado de él y entro corriendo al agua. El mar de noche es una nada turbulenta, es la turbulencia en crudo. Me tiro contra las olas, me dejo zamarrear. Me caigo, me paro, el mar me sacude. Trago agua, toso, nado un segundo. No sé bien dónde está la playa. Algo —un pez, un alga— me roza la pierna y me asusto.

No encuentro la luz de la linterna. Grito.

—Maxi.

—Acá.

—¿Dónde?

Maxi grita y alza la linterna y me grita hasta que salgo.

Tiemblo de frío, doy sacudones. Me pongo el buzo sobre el cuerpo mojado y me abrazo las piernas. Él se saca la campera, me envuelve. Yo no le hablo.

—Vamos a las dunas que hay menos viento.

Levanta las cosas y lo sigo, metida en ese camperón enorme. Vuelvo a acurrucarme, me callo, me quedo callada. Maxi hace rebotar el índice en mi rodilla.

—Estás destruida.

—Sí.

Lo miro por primera vez. Debe estar freezado.

—¿No querés que nos corramos hasta un bar y nos mandemos unas ginebras?

No quiero.

—¿Querés que me vaya?

Me encojo de hombros. Se queda.

—¿Querés contarme?

Le hago que no con la cabeza y se me cierra la garganta. Estoy agotada, tengo frío y empiezo a llorar. No quiero hacer esto, estuve todo el día tratando de evitarlo, pero no puedo parar. Él se sienta cerca y se queda quieto. Me pone incómoda. No puedo pensar con el tipo ahí, esperando que diga algo. Igual, no sabría qué decir. No entiendo por qué lloro, todo está igual que siempre. Por eso, se me ocurre, ya raspa de tanto tragar mierda.

—OK, vamos a por unos tragos.

—Antes vestite, no me atrevo a llegar ahí con la maja desnuda.

En el pub no hay casi nadie. Yo sigo llorando y berreando y tratando —¡qué leal que soy!— de no contarle nada al amigo del novio de María. Por suerte, él tiene algo para decir, un viaje parecido al mío que detalla mientras nos sirven ginebra con surtidor. No sé cómo empieza a hablar de la Edad Media. Empieza por la calle, los mendigos, pan con cebolla, el olor de los ejércitos. Me interesa, me distrae y tomo todo lo que necesito.

Maxi me despierta y prácticamente me empuja las cuatro cuadras hasta la cama. Caigo fulminada y siento cómo me saca la ropa y me tapa. Pobre, soy un garrón.

F lor.
—

—Flor, Flora...

Me senté en el borde de la cama. Florencia seguía durmiendo.

—Flor, dale, preparé el desayuno.
—Tengo frío.
—Dale, piba.
—Me siento mal, tengo mucho frío.
—A ver... Upa, nena, tenés fiebre.
—¿Y los chicos?
—Ya se fueron.
—¿Estás bien?
—Estoy feliz. Pero vos te engripaste, boba. Voy a buscarte unas aspirinas.
—¿Y un cafecito?
—Un té.
—Ufa.

Bajé y preparé unas tostadas. Cuando subí, Florencia dormía otra vez.

—Nena...
—Gracias. Pasame la mochila, que tengo algo más fuerte que aspirinas.
—Por fin algo salió bien, ¿no? Vos le caíste bárbaro a Maxi, ¿te gustó? Es así, exacto para vos, que le gusta hablar y hablar.
—¿Te enamoraste?
—Qué sé yo, me gusta el tipo. ¿Qué me preguntás?
—¿Te trató bien?
—Bien, bien. Bueno, che, tapate y dormí un rato.
—Quedate conmigo, la fiebre me da ganas de llorar.
—Yo estoy acá abajo, cualquier cosa me llamás.
—¡¡¡María!!!
—Tarada.
—Vení, abrazame.
—Me vas a contagiar.
—Abrazame, no te voy a hacer nada.

Me senté en la cama y la abracé. Florencia se metió en mis brazos como una nena.

—¿Me vas a llevar a Azul?
—Primero curate.
—Tengo que volver a la revista en unos días. Vayamos hoy.
—Vos no vas a salir así. Dormí y a la noche vemos.

La casa de Azul tenía algo que ver con la de Lourdes, más de lo que Florencia admitía. Tapices grandes, paredes claras y más de un rincón mullido. Muchos libros. Ella me mostraba las calles y los libros emparchándome el relato de la infancia.

"Éste era mi estante. Había leído todo varias veces. Cuando salíamos de vacaciones era el ritual de la librería. Íbamos los tres y cada uno se compraba el suyo. Yo llevaba al viaje, aparte, uno o dos de los míos y a los doce empecé a leer a escondidas los de ellos. Me ponía debajo de la biblioteca y cuando escuchaba la llave dejaba el libro en su lugar y a otra cosa. Puros best sellers."

Se sentaba en la cocina, que daba a un campito, y cebaba mate.

"Te digo que es como un clic. Salgo y me olvido de este olor. Y cuando vuelvo está todo igual, y soy de acá y no. ¿Sonó muy naif?"

Los padres eran dentistas. Algún cultivo en el fondo, alguna vez un par de gallinas, pero eran dentistas.

—Lo bueno es que Florencia consiguió un trabajo fijo y se arregla. Lo que es una lástima es lo de la facultad, ¿no te parece? A vos te hace caso, por qué no le decís.

Flor se ponía como un bebé. Discutía detalles, se encaprichaba, se enojaba. Cuando salía golpeando la puerta yo conseguía hablar un momento con los Kraft, que me mostraban —no lo advertí en ese momento, pero no tenían fotos— el boletín deslumbrante, la primera colaboración en un diario local. Se les notaba algo como fascinación y recelo.

—El partido le comió los sesos y para nada.

—Ese español la vivió.

—Siempre fue muy despierta.

—Yo quería que estudiara medicina, pero...

El padre se sentaba en la galería después del desayuno y prendía su primer cigarrillo. Descendía de árabes por parte de madre y era oscuro y grave. Yo sentía en él la tensión que definía a aquella Florencia del Centro. Tendría unos cincuenta y andaba en jeans y remeras azules o blancas o rojas.

Cuando Florencia se bajó del coche para abrir la tranquera, apenas llegamos, salió a la puerta. Nos miró serio, emblemático. Caminó unos pasos por el sendero. Ella dejó la huella y agitó la melena cuando se le paró enfrente, con las piernas abiertas. Se reconocieron.

—Todavía sos preciosa.

—No es cierto.

Ahora yo me sentaba con el doctor Kraft y señora al fresco.

—Debe haber ido hasta el arroyo.

—Siempre andaba por ahí.

—La ciudad le hace daño.

—¿Por qué lo dice?

—Está nerviosa, duerme mal.

—Cualquiera tiene una mala noche.

Asintieron. Juntos. Como en una coreografía ensayada durante décadas.

—Puede ser —cortó la madre.

—Y vos no nos vas a contar nada.

—Yo no entiendo más que ustedes.

—Puede ser.

Ramiro Kraft me estiró el mate. Yo no entendía qué pasaba con Florencia: no la veía tan mal ni más nerviosa de lo que era naturalmente. Y dulce no me gustaba el mate.

Nos levantamos temprano, con ese frío de campo. Florencia se puso los mismos vaqueros que venía usando desde que salimos de Buenos Aires y me llevó de excursión por el pueblo otra vez. A la tardecita anunció:

—Quiero que conozcas a Madame Louis.

Yo sabía que Madame Louis había sido su profesora de francés pero los Kraft me habían contado algo más: todas las tardes, por muchos años, ellos dejaron a Florencia en casa de la profesora. Así que la nena no había tenido una, había tenido todas las clases de francés, todos los libros de francés y una interlocutora paciente, en francés. Era, decían los padres, una especie de abuela, la única persona con la que ella —que ya sabés el carácter que tiene— aceptaba quedarse. Florencia nunca me había dicho tanto.

Cuando llegamos, la casa de Madame Louis parecía cerrada. Flor tocó con decisión y esperamos un rato.

—No hay nadie, Florencia, vamos.

—Paciencia, que es muy vieja.

Por fin se abrió una ventana y una mujer de dos mil años sacó la cabeza.

—Madame, soy Florencia Kraft.

La vieja mostró la dentadura e hizo un ruidito, como un oh, oh. Movió la cabeza como un pájaro, me miró.

—Y vine con María —dijo Florencia, como si la vieja me conociera. ¿Le había contado?

—Florcita, linda. Esperame cinco minutos que me arreglo. No te vayas.

Nos sentamos contra un árbol y Florencia me contó una historia de película con Meryl Streep que se ve que la emocionaba. La señora Louis era una monja de 50 años en Marsella. Un día llegó a su convento un tipo, un parisino veinte años más joven que vendía hilos. Ella le encargó varios colores y calidades que él no tenía encima. El tipo —ya se sabe que su nombre no importa— volvió con los hilos y ella le sirvió un té. Él le habló de su esposa, de su hija recién nacida. "Pero hizo algo fuera de lo común —acotó Florencia, la sentenciosa—: le preguntó por su vida." Mi amiga cínica había comprado el folletín hasta con las tapas: "Más allá de la monja —me decía—, le preguntó por su infancia, por los libros que leía, por las cosas que disfrutaba. Durante un año, cada vez que él iba a Marsella pasaba a charlar con ella. Un mes no apareció y ella se dio cuenta de que de verdad lo estaba esperando. Al mes siguiente él llamó y la citó en una plaza unos días después. Antes de ir, ella renunció al convento. Llegó de civil. No había mucho más para decir: terminaron en el hotel de él y se fueron juntos a París. Ella le llevaba veinte años, era monja y él tenía una hija. Era mucho. Unos días después tenían los pasajes para Sudamérica. Te juro, lo pensaban así". Parece que cayeron en Buenos Aires como podían haber caído en Bogotá. Buscaron un pueblito cualquiera. Fue Azul, cuenta la leyenda que por el nombre. Ella llegó primero, para conseguir una casa y darle tiempo a él para conectarse con alguna gente y ordenar los papeles. Alquiló una pieza en esta misma casa. La limpió. No hablaba una palabra de castellano pero corrió la voz y empezó a enseñar francés. Tenía poca ropa pero mucho más elegante de lo que se podía soñar en Azul. Todo el pueblo aprendió con la madame pulcra y opaca. El tipo nunca llegó, es obvio. Se supo que dejó el hotel donde se alojó con ella la primera noche pero nada más.

—Yo la adoraba.

—¿Por qué?

—No entiendo la pregunta.

—¿Por qué la adorabas?

—Por esa historia. Porque tenía la vida hecha y la rompió de una patada y nunca la escuché arrepentirse. Ahí está, qué divina.

Madame Louis era petisita pero usaba tacos y se estiró para besar a Florencia. Le dijo algo en francés, Florencia le contestó en francés, señalándome con los ojos.

—Ella era la mejor —me dijo la vieja; no "lo" dijo, "me" dijo.

—Es muy inteligente —dije sonriéndole a Florencia.

—No hablo de eso. Pero contame de este tiempo.

Me asusté. Si no lo había hecho ya, parecía que ahora sí Florencia iba a hablarle de todo y conmigo ahí presente. ¿Todo el viaje había sido para esto?

—En este tiempo —dijo Florencia, en cuclillas sobre el sillón, qué guaranga— me estoy preguntando si las cosas son como parecían.

—¿Te enamoraste, mi soldadita?

—No es amor.

—O sea que algo está mal.

—La persona está mal.

—No creo, no creo que la persona pueda estar mal. Una hace su vida como la hace porque igual es lo mismo, pero cuando alguien te pega en el corazón... ¿cómo puede estar mal? Ni aunque él no te quiera está mal.

Florencia asintió —¡la coreografía de los viejos!—, terminó su té y se puso a hablar de sus éxitos, de la gente que había conocido en Francia, de su carrera.

Cuando salimos, Madame Louis la agarró del mentón con una mano y, con la otra, le acarició el pecho, como haciéndole un masaje entre las tetas.

—Está duro acá, Florencia.

—Siempre sobrevivo. Don't worry. Ay, perdón.

—Traidora. Cuidate, pero no seas cobarde.

Yo no podía creer esa escena, ahí teníamos a la mujer con sombrero y lo único que faltaba era Silvio Rodríguez zamarreando las cuerdas. Estaba enojada.

M e hubiera ido a dormir directamente, pero era la última noche y me tuve que quedar a la cena. Apenas terminamos, Florencia armó para mí la cama de abajo —nadie le enseñó a cederles la mejor a las visitas— y se metió en la suya. Cuando salí del baño estaba dormida.

Apagué la luz y empecé a dar vueltas. ¿Ésta es la soldadita enamorada? Ah, no, la escena de hoy precisa indemnización. Levanté su frazada y me acosté encima de ella. Le apreté las muñecas a la cama. Le di una lamidita a los labios. Abrió los ojos.

—¿Qué hacés?
—¿Qué? ¿Acá no?

Le mordí los labios y la besé en profundidad. Florencia respondía, respiraba, trató de abrazarme, pero yo la tenía trabada:
—Tssss... quietita, forra. Mando yo.

Me moví, me froté. Le solté las manos para sacarme la ropa. Le di una orden.
—Desnudate ya.

Apoyé mi concha sobre la suya. Levanté el cuerpo, para caerle con todo el peso. Me puso las manos en el culo y me empezó a acercar: la pelvis, la panza, me sentó sobre el pecho, la boca. Quedé sentada sobre su boca. Florencia me abrió los labios con la lengua, me tocó el clítoris, entró, entró hasta que estuve pendiente de ese punto —de esa lengua en círculos, de la presión de la lengua, de la fuerza de la boca—, hasta que todo mi cuerpo se fue por un embudo hacia el milímetro que su lengua manejaba. Acabé como una bestia y ella me tapó el grito con la mano.

—Shhh.

Bajé, me acosté. Florencia se subió a mí un poquitito, me tocó un poquitito, se movió un poquitito y acabó, con un gemido sordo y la frente muy fruncida.

—Esto es lo mejor de mi vida, María.

—Shhh.

—No me quiero callar.

—No lo arruines, Florencia.

Me di vuelta, con todo el cuerpo pegado al suyo. Ella se despegaría enseguida, no podía dormir si la tocaban.

E s que soy tan ágil mi amor, en tu cuerpo; soy tan elástica, soy tan precisa mi amor, cuando te toco, tan acuática sobre vos; soy tan bella y tan perfumada que me amás, mi amor: contra tu voluntad y contra tu odio, cuando te toco estás enamorada.

Pero acabamos.

Y me vuelvo calabaza.

Volvemos más bien calladas, aunque hacemos, otra vez, como que no pasó nada entre nosotras. María mira fijo hacia adelante, ni pone música. Yo disfruto de la perspectiva horizontal de la pampa, el cielo celeste bandera cayéndole en guillotina al campo verde. Nada, nada, nada y cada tanto un manchoncito negro: vacas. Mucho menos vacía está la ruta; acá las vacas van encimadas en camiones, que nuestro auto pasa silbando, como en los juegos de la Galería Sacoa. Está loca, esta chica, maniobra al milímetro con los dientes apretados.

—Gabay, ¿podés bajar la velocidad?

—Sé lo que hago.

—Dale.

—¿Te da miedo?

¿Qué quiere María? ¿Quiere que le diga que bastante me costó la vida como para rifármela esquivando vacas? ¿Que ya estoy bien troquelada? ¿Que en los últimos tiempos dispongo de adrenalina suficiente y no preciso ninguna excitación a nafta?

—Me da miedo.

—Primera vez que te veo asustada —dice y levanta un poco el pie, menos como un gesto amable que como —según se ve a continuación— una vía para iniciar indagaciones.

—¿Querés manejar vos?

—No traje el registro.

—O sea que tenés registro.

—No, idiota, no tengo registro.

—Pero alguna vez manejaste autos.

—Andá más despacio, María.

Se lo digo mal. Que me deje de joder y afloje.
Acata.

—Manejaste.

—Jamás toqué un auto.

—¿Rastrojero?

—No.

—¡Moto!

—Nada con motor.

—¿Caballo?

—Gran punto. Caballo tampoco. Y anotá: ni bicicleta.

—¿Por qué?

Ay, María, la sagrada elipsis, qué pasó con tus modales.

Prendo un cigarrillo, miro por la ventanilla, las tranqueras pasan tranquilas, debemos ir a 80.

—Estoy en contra del derroche energético que ocasiona el transporte individual —le digo, para hacerle entender que tiene que cerrar la boca.

Gabay ha ido a buenas escuelas.

L a idea era ver unas películas en Lourdes temprano y que Andrés me pasara a buscar por ahí para salir pero cuando llegué, la casa estaba dada vuelta y Florencia caminaba histérica entre montones de ropa y de sábanas tirados en el piso.

—No encuentro las zapatillas.

No era para tanto, o sí era para tanto: como todo su calzado, las zapatillas de Florencia tenían un complemento ortopédico en el pie izquierdo, las zapatillas eran únicas y eran carísimas.

—¿Las habrás dejado en la playa? ¿No se te habían mojado?

—Tenés razón. Las colgué en el balconcito.

—Puedo pedir que me las manden.

—Dale.

La ayudé a ordenar, algo que no era fácil; había que separar la ropa de los libros, los cuadernos de las medias.

—Flor, basta de ser una adolescente.

Florencia vino rengueando —sin zapatos era notable— y me abrazó como cuando me quería, digo, como cuando me quería a secas, como cuando me quería y me perdonaba que fuera tan aparato, como cuando me quería pero ella se gustaba mucho más de lo que le gustaba yo. Llamé al casero, que ya había descolgado las zapatillas.

Llegó Andrés —la casa estaba hecha un chiche— y Florencia lo hizo pasar. ¿Quién dijo que no se podía tenerlo todo?

✳
Septiembre 1989

C uando vi la etiqueta de la ortopedia, fui a encargarle unas zapatillas nuevas. Eran espectaculares, lo mejor de cualquier zapatilla de marca y ajustadas a su receta. Y eran una excusa: no me iba sin saber de qué se trataba esto, a quién había liquidado —¿sin vehículo?— o quién la había molido a palos y cómo se había saldado eso.

Nos citamos en un bar espantoso por Santa Fe, a la nochecita, nos encontramos relajadas, con cariño. Dejé que la charla resbalara, tardé un rato en sacar el regalo, ese caballo de Troya que había preparado. Florencia se quedó rara, no le salía agradecer, no le salía decir que eran lindísimas (eran lindísimas).

—¿Qué sabés? —me preguntó, como si las zapatillas fueran una prueba.

Una prueba: entonces era cierto, había un crimen detrás de la renquera y los tajos. ¿Había estado todo este tiempo con una ex niña asesina? ¿Con una asesina en actividad? ¿Otra vez yo tenía razón?

—María, ¿qué sabés?

Le podía haber dicho que no sabía nada pero que lo suyo era inocultable, que cualquiera que tiene un accidente inocente lo cuenta, que ese cuerpo merecía una explicación, un relato catártico por lo menos, que yo podía escuchar cualquier cosa pero que no podía cumplir con su demanda de hacerme la tarada y fingir que era normal. Pero no lo dije, me sentía en falta por haberla descubierto, como cuando uno ve bajar a su analista del taxi arreglándose la ropa y se demora un poquito, se disimula y deja pasar cinco minutos antes de tocar el timbre para dar tiempo a que tome su papel. Le dije, en cambio:

—¿Qué son esos muertos?

La miro unos segundos. Envuelvo la copita de caña entre las manos y la huelo. Tomo otro trago.

—Explicame esa pregunta.

María sabe que la entendí pero me estoy tomando un tiempo. Hoy me tiene mucha paciencia:

—No sé, me parece que te falta contarme algo. Y que no me lo contás porque es incontable. Porque mataste a alguien.

La amo, la amo —aunque esté prohibido decirlo—, amo que me haya visto y que se haya aguantado, amo que haya comprado este regalo para canjear por mi secreto, amo que le importe: tiene bien ganada la historia, si me sale de la garganta.

—Muy bien diez, Gabay. Invitame a otra caña y te enterás.

Llama al mozo. Yo, mientras tanto, prendo un cigarrillo, me uno al bar, que es puro humo. Un, dos, tres, va:

—No maté a nadie, por lo menos directamente.

O h my god, yo siempre había tenido razón. Ahora me iba a decir que fue un accidente, que ella no mató, que el otro murió, que cómo no veía que ella estaba muy lastimada, que había sido una imprudencia, que había sido sin querer. Me iba a decir eso, estaba buscando las palabras para explicar eso, pero dijo:

—Nací siamesa.

—¿Cómo siamesa?

—Siamesa, siamesa, unida a una hermana por un pedazo del abdomen. Acá. Yo estaba más desarrollada, no sé, más apta, y me quedé con la intersección.

—¿Y la otra?

—Te dije que no había matado a nadie directamente.

Ah, era eso. No era una asesina: era un fenómeno, era un monstruo. Me la imaginé, me imaginé la foto (¿o me estoy acordando de la que vi después?) y sentí algo de náuseas. De la brutal separación le había quedado el cuerpo así, razoné.

—Y de un millón de operaciones que vinieron después.

—No había remedio.

—No.

—¿Cuánto tiempo estuvieron juntas?

—Tres meses.

—¿Y te sentís cómo?

—Como escindida, ¿no? Como medio bife mariposa...

—No seas bestia. Y vos no estás escindida, vos sos vos, entera. Tu hermana era otra.

—Salvo un pedazo. Y vos te diste cuenta.

—No seas novelera, Flor. No sos una cortada en dos. Sos una, completa. ¿Pensás que hubiera sido mejor dejarlas juntas?

—No y no era posible. Yo no digo que haya estado mal. No digo nada.

María toma café y se pone seria. Yo me callo, aprieto la copa, éste es todo el misterio, querida, éste es el agujerito negro.

—Nunca me habías hablado de esto. Ni una señal.
—Tengo el cuerpo cruzado de cicatrices. ¿Nunca me viste desnuda?
—Pensé otra cosa.

Me gusta impresionarla, pero cuándo la historia se entornará y tendré en contra la misma emoción. María piensa —como todos— que ahora hilvana la pasión desatada y quizás ella sea un lugar de proyección, una sustitución, la reconciliación con la vida.

Le apunto que, en todo caso, yo siempre fui la vida.

—No hubo duelo realmente porque yo hacía el ruido necesario.

Después, una semana y más otras, María hablará sin piedad de mi hermana y cuál es mi búsqueda en su interior. Yo ahora quiero cerveza y que me bese.

La habían reconstruido, literalmente. Tuvieron que hacerle una cola donde no la había; le fracturaron —y después le arreglaron— la pelvis para ponerle adelante las piernas, que estaban al costado del cuerpo; inventaron un intestino sin la certeza de que fuera a funcionar sin asistencia médica. Y arrancó, la muñeca para armar andaba, ese cerebrito podía manejar ese cuerpo que tampoco era completamente suyo. De lo que sacaba un par de conclusiones, a saber:

1) La realidad supera a la ficción, sobrándola.

2) Yo había estado en la cama de Frankenstein.

Octubre 1989

Salgo tardísimo, la revista hierve y los cierres se hacen eternos. Los peronistas se frotan las manos, los chinos andá a saber qué le vieron al caudillo, pasa la medianoche y cómo llego a casa. Camino un par de cuadras, no me decido —me va a costar un millón de dólares— a parar un taxi, tengo otra idea, la misma de siempre. Me traga el cospel un teléfono público, retrocedo dos cuadras, en la estación de servicio hay otro, llamo. La señora Gabay no está tan lejos, quizá me pueda albergar, le digo, y dice que claro, cómo no, que vaya. Diría que le gusta que caiga de repente, está como divertida, me prepara algo de comer con pollo —falta poco para que use brotes de soja— y verduras cortadas finitas, me habla del novio, de una beca del British Council que se la podría —"¿te parece?"— llevar un año a Londres, de esa receta a la que se acaba de aplicar.

Yo no tengo nada para contar.

—Bueno, sábanas tenés, te dejo un acolchado, vas a estar bien —canturrea y me da un beso castísimo y se mete en su cuarto.

Ya veo que no era para dormir esta noche.

Tengo tantas ganas de tocarla que no hay manera. Estoy atenta a la claridad debajo de la puerta, estoy tan quieta y tan concentrada que puedo oír el clic del velador, me acelera el corazón el crujido —¿se está levantando?— de la cama. Con cada sonido, cada vez que parece que viene, la concha da un tironcito, se contrae. Así me tiene, a control remoto.

Voy al baño, tomo agua, voy de nuevo. Prendo la luz, hojeo un libro, tomo agua, me asomo al balcón, no quiero dejarla dormir. Camino. Entro al taller. Otra vez tiene un cuadro rojo, ese rojo mortal que consigue María. Con tuerquitas, con rulemanes, con resortes. Pero ahora un tajo —parece hecho con un cutter— cruza la tela, de arriba abajo y de izquierda a derecha. No es recto, tiene —claro— algunas curvas. Y hay una curita tapando la firma.

Conversaciones con Luisa Lane:

—Y qué pensás hacer.

—Quiero enamorarla.

—Difficile.

—Me conformo con seducirla.

—De a ratos.

—No me va a quedar otra que molestarla.

—De hecho. ¿Qué pensás hacer?

—Estar con ella. Eso y todas las pequeñas delicias de la vida conyugal.

—No te hagas la boluda.

—No sé, Luisa Lane, lo que ella me deje, qué carajo puedo hacer.

P arecía que cogíamos cuando yo quería y no era cierto, no era así. Aunque Florencia lo ponía en esos términos, si se miraba con detenimiento y se eludían las apariencias, lo preciso sería decir: cogíamos cuando yo no lo podía evitar.

Lo mejor y lo peor de un golpe. Como si fuera esta noche la última vez (y lo es). De golpe, como si fuera esta noche. No sé de cuentagotas ni elaboraciones yoicas. Sé de obsesiones neuróticas, si te gusta. Sé tu calle, rondar tus ridículas tacitas de café coffee and milk, envolverte, confundirte, hartarte.

Estoy en expansión. Supuro. María disiente:

—Pasiones duran poco.

Es bella, la puta que la parió. Y la desprecio. Huele a procenex, a estetoscopio, a cirujano que se aburre hasta que un apéndice podrido lo entusiasma y se le van los dedos.

* Yo no me acuerdo, pienso en otras cosas.

* Esto se acabó.

* No me pasa nada.

* No es una cuestión moral, no te tengo más ganas.

Yo le creo. Le creo todo. Todas las veces.

No es haberla perdido. No habíamos proyectado nada, no esperaba nada más que esto, que estuviera feliz porque alguien la mira. No tiene la culpa: yo la miro y eso no la hace feliz. No es el futuro y la sensación de cómo voy a hacer para que alguien me conmueva así. Lo que no me deja libre, lo que me achura como un matambre, son los detalles. Pensar que va a decir "te deseo mucho" con esa cara y esos ojos mirando a otra persona. Verla haciéndolo, pero verla sin parar, todo el tiempo, en la redacción, en la cama, en la ducha. Pensar de día y soñar de noche, tener siempre —por extensión, cada puto segundo— girando por las neuronas la certeza de que va a ir a la casa del otro y se va a hacer cargo del café, con ese gesto de amorosa apropiación de la alacena. Las manos en la cucharita en el Dolca. Eso me vuelve loca.

Le digo lo que quiera escuchar. A veces conectada, a veces lejana. Si quiero besarla, acercarla y sentir su peso no me importa la verdad. Le digo lo que me dice que quiere escuchar. A ella tampoco le importa.

Es por aquello de no hacer a los demás lo que no se quiere para uno. ¿Y qué pasa si yo quiero que me hagan lo que de ninguna manera estoy dispuesta a hacer?

Impropio placer. Sentía el deseo en Flor y deseaba su deseo. Yo no quería nada hasta que su ofrecimiento me invadía. Teniéndola cerca pensaba: "No, no. Cuando termine no la voy a querer ver. Pero la perspectiva que dibujaba (sin decir nada) era terrible y me podía. Después, todo salía según estaba previsto: Florencia me endiosaba, me palpaba punto a punto, me hacía delirar. Me sacudía, me sentía acabar. Tocaba mi orgasmo y ahí la veía: mojada, prendida a mi cuerpo, jadeando. Y no me gustaba. "La tengo que dejar, puta madre, ahora la tengo que dejar hacer."

Golpearla. Duro. No un cachetazo sonoro: un puñetazo de derecha. Pegarle hasta que sangre.

—Me vas a dejar embarazada.

Me desconcentra. Estoy transpirada de acá hasta allá. Saco los dos dedos de adentro de María, que mira desde la almohada y recién noto que respiro muy rápido. Me apoyo en la pared:

—No puedo.

Nada más falso que la idea del espejo. Solamente éramos iguales en que nada encajaba a la altura de la pelvis. Es falso el espejo porque ni bien nos movíamos nuestros cuerpos se diferenciaban. No eran mis dedos sus dedos, no era mi boca su boca, no eran míos esos labios. Florencia —su ansiedad, su deseo— me resultaba incomprensible, me resultaba marciana. ¿Qué espejo?

También el espejo es una mentira.

Abrí las piernas y la recibí. Se subió a la derecha. Se movía, hacía presión. Me dolía, pero que acabara de una vez. En algún momento vio mi expresión.

—Me helás.

—Hago lo que puedo, Flor.

Se bajó. Arregló la sábana. Se tapó. Miró la pared. Yo me levanté, fui al baño, me duché, repuse bombacha y camisón. Volví a la cama.

—No te enojes.

—No.

—Vení, probá otra vez.

—No vale la pena.

—Yo te ayudo.

Se dio vuelta y me besó. Me acarició la espalda, la cara. No pasaba de eso. Yo estaba relajada y me iba durmiendo, en el mareo —ondas concéntricas— de esa caricia.

—Flor, puedo estar toda la vida así.

—Ya sé.

—¿Dónde voy a encontrar un tipo que me mime horas?

—En el puente de Avignon, mi amor.

No entiendo por qué seguíamos adelante con esa locura. Ella que sufría más de lo que gozaba. Yo que nunca había querido nada más que esto y ojalá nada más de esto, pero no me resignaba a renunciar a semejante cama. Al final, ni siquiera me daba culpa saber que se masturbaba cuando me dormía.

Me mira a través del vapor del café. Hace frío, el lugar es amable pero chico. En un rato dos señoras de cierta edad no tendrán más remedio que saberlo todo desde la mesa contigua. Me ilusiono con que algo importante me va a decir porque vamos metódicamente picando de tema en tema. Por fin, me mira a través del vapor del café y abre:

—Te escucho.

Ah, era eso. Era yo la que tenía que hablar, qué suerte, se dio cuenta. Vengo a decirle que así no. Me mira fijo y eso ya pesa: es tanto lo que no me mira que esa mirada me deja en un puño. Juego con las manos y enredo mi monólogo (mis manos-sus ojos: taparlos). Hablo de reciprocidades (ese vacío), de respeto (¡quiero calentarla, pido respeto!), de que así, Gabay, no me sirve a mí. La respuesta es corta y aburre de obvia:

—Esto se tiene que terminar. Esto se terminó.

Yo no lloro porque de mantener la dignidad se trata. No lloro y escucho:

—No me gusta, sabés que no me gusta.

—Ayer disimulaste bien.

—Ah, qué ingenio superior...

Afuera no llueve. Pedimos permiso a las señoras que acaban de presenciar un debate sobre nuestros roles sábanas adentro —seguro ahora están diciendo que María es una porquería— y nos separamos en la puerta, sin besarnos.

Buenos Aires, te odio las noches de caminata ob-
sesionada por el Bajo. Todos los lugares me re-
sultan incómodos, me siento vaciada. Envidio a los
marineros que están lejos de todo y les gustan las putas,
cualquier puta. Abrazarse a Mary, Peggy, Betty y Julie y
salir a cantar a cubierta, llena de alcohol de quemar. Me
siento hermana de estos marineros del Este que leen en
los kioscos que no hay más muro y andan como sin brú-
jula por San Martín, por Reconquista. Naufrago en Corrientes y recorro librerías cargadas de ofertas. Pero a mi
noche no la mata ningún sol.

❋
Enero 1990

I das y vueltas. Hoy hace un mes que no la veo y, es un hecho, me siento mucho más fuerte sin su amor. Así que cuando aparece me mantengo distante (basta, basta de esta estupidez). No pasa más de una hora para que se enoje y reclame:

—No me gustó cómo me recibiste, Florencia.

—Estoy muy ocupada, tengo que escribir, por si no llegan los diarios a Boston, te cuento que están pasando algunas cosas por acá. ¿Andrés bien?

—Vine directo desde el aeropuerto, traje medialunas.

—Realmente magnífico, pero igual estoy ocupada. ¿Andrés bien?

Violines, órgano y Pedro Vargas para sus caras levantando cada adorno de mis estantes, soplando el polvo y evitando mirarme. Me hace gracia. En algún momento, mientras abre la ventana u hojea un libro dice al pasar:

—¿Me puedo sacar la camisa?

—No, mejor no.

La obligo a sentarse. Tengo un discurso maceradito, después de que ella se quedó con la última palabra en el café. La idea es no pelear, irme con amor. Junto coraje (ella es casual, yo tengo dimensión dramática).

—María —le acaricio el pelo rubio, tan suave—, me hace mal este lugar —le toco la cara de nene triste—. Hija de puta, te quiero mucho.

—Creo que yo también —(certero ataque al corazón).

—Me gustás mucho.

Silencio.

—Y así no quiero, si vas a estar conmigo necesito que me toques, me hace feliz irme a la cama con vos, pero no si fingís que no soy una mujer (he dicho).

—Tenés razón.

La empujo contra la pared y la beso. Le saco de un tirón la camisa en cuestión. Le hago el amor sin llegar a desvestirme.

Y tenés fotos?

No le contesto, me paro, corro la foto de la facu que hay delante del portarretratos de cerámica rosa de la biblioteca y ahí está LA foto, detrás, en papel de revista. Saco el recorte, está doblado, lo despliego, se lo estiro.

—¿Vos cuál sos?
—La que respira —le muestro con el dedo—. No irás a decir "qué lindas", espero.

No dice "qué lindas", no creo que pueda despegar los labios. Mira la imagen horrible, mira al monstruo, me mira pegada a mi fugaz hermana Violeta. El artículo ahorra preguntas. Soy la más grande porque soy la que respira, efectivamente. Nuestra unión es menor, si cabe, pero ella —lo dice el artículo— tiene poco desarrollados los pulmones, el cerebro y el corazón. Vive, en la foto, porque yo fabrico oxígeno para las dos. Y morirá si nos separan. Pero si no, sonamos las dos.

—Y encima salían en los diarios...

—Tema de debate nacional, tu papá debe recordar el caso. Quizás hasta puso plata.

El artículo dice que me van a operar muchas veces, si todo va bien, que habrá que reconstruir órganos, que la normalidad —ja— es una sola de muchas probabilidades.

Y acá estoy.

María está tan hermosa, con la paginita sobre las piernas, los codos casi en las rodillas, las manos entre los pelos, mirando esa cosa espantosa y masticándose el labio.

—Cada cual debe conseguir su oxígeno, es la ley de la vida —le digo, parada al lado de la biblioteca.

Ni siquiera puede decirme que me calle.

"Vas a tener gemelos, algo maravilloso, y nacen así. Qué crueldad", dice el juez. El juez que dice que los médicos no asesinarán a nadie si nos separan, que pueden hacer la intervención y adiós Violeta y todos en paz.

Traigo una silla, me estiro, pego el tirón y atajo la caja de cartón que cae del último estante, le paso a María el archivo periodístico de mi nacimiento. Y ahí están mis viejos, en la doble central, unos nenes de menos de 25, los padres de esta criatura bifronte, llegando al juzgado en su fitito amarillo. Racionales, prácticos, mis viejos querían una hija, no dos, tendrán una, carajo, no dos. Ellos consienten, declaran, van a lo de Pipo Mancera a instalar la alcancía gigante, son actores y testigos de la maratón de sábado a la tarde por nosotras, por mí y en contra de Violeta, bah, el país entero es cómplice de mi vida.

H icimos un convenio con una transnacional. Yo participaba del equipo de investigación en semillas, por supuesto. Gustavo iba de director general, papá era formalmente una autoridad de consulta y había defendido su escritorio y a su vieja secretaria pero en la práctica se esperaba que se dedicara a jugar al tenis, con honores y respeto, después de que una auditoría nos diera vuelta y dejara al aire sus puntos débiles, empezando por el amor a la camiseta. Desde Quilmes, los alemanes iban a organizar el Cono Sur en un principio, América latina en una segunda etapa. Andrés había trabajado en el acuerdo y haría una especie de codirección, del lado de ellos. No era una venta exactamente, era una fusión a plazo fijo, con tiempo de evaluación y criterios de rentabilidad. Nos habíamos convertido en ejecutivos y ahora teníamos que aprender a comer caviar.

El amor —no se lo digo— es religioso. Sacralización de los momentos. El teléfono desde donde te llamé. El café en que me dijiste que sí, bueno, que vos también de alguna manera era evidente que me querías. La esquina que nos tuvo a los gritos una hora. El amor detiene, registra, hace un templo de los detalles y es en la obsesión por banalidades donde lo reconozco. Pero no se lo digo porque el sacerdocio es cosa de uno. María no ha oído el llamado.

P ará, no me chupes.

—¿Cómo?

—Mejor que no.

—¿Por qué?, la puta madre, ¿ahora qué pasa?

—Nada, Florencia, no quiero. Y calma, loca.

—Yo sí quiero.

—Vos querés.

—Me encanta chuparte.

—Te da placer.

—Lo podés poner así.

—Te da placer a vos.

—Creo que a vos también.

—No estamos hablando de eso. Eso es aparte.

—Eso va junto. Es ese olorcito, que te mojes, que se te escape el aire como por una fisura, esa manera de temblar chiquito, tu transpiración, la voz rasposa. Me encanta.

—Lo disfrutás.

—Cortala, piba, ya te dije que sí.

—Te hace bien.

—Me gusta.

—Te hace bien.

—No sé qué es eso.
—Te sentís bien.
—Sí, me siento bien.
—Vení.
—Vos estás chalada.
—No te creas. Vení.

Conversaciones con Luisa Lane:

—¿Vos sabías?

—

—No entiendo tanto misterio con lo de la hermana. Florencia lo agranda.

—

—No, no me parece tan terrible, pero sí, es molesto. Como si en el fondo me estuviera enloqueciendo por algo que no tiene que ver conmigo.

La cara de Florencia cuando entró al laboratorio! La remodelación casi no había dejado rastro del hallcito de entrada, del mostrador por el que ella se había sabido colar tiempo atrás. Ahora Florencia se había encontrado con una recepción atendida por tres veinteañeras, molinetes que una tarjeta destrababa, mucho olor a mueble nuevo y una oficina de buen tamaño para mí. Había paredes (de durlok) nuevas, que habían dibujado otros caminos en el edificio. Yo a veces me orientaba por las escaleras y las ventanas, para recordar qué era cada cosa antes: me hacía sentir mal, en el aire, no poder ubicarme en ese lugar que era más nuestro que nuestra casa. ¡La cara que traía cuando apareció en mi puerta! Pero no era sólo asombro.

—Me parece que me van a echar de la revista.

—¿Qué pasó?

—O me tengo que ir.

El director había cambiado, la revista se acomodaba al nuevo gobierno, los rumores decían que la estaban por vender; Florencia era incómoda en Política y Política era incómoda para Florencia. No era el único reacomodamiento, claro; como en ese juego con sillas, habían gritado "hospital" y todo el mundo a otro sitio.

—Me quieren mandar a alguna seccioncita inofensiva, no sé, a Cultura. ¿Qué hago?

—Uf, pasar desapercibida por un tiempo, yo diría.

—No entiendo.

—Desensillar hasta que aclare.

—¿Vos también te me pusiste peronista?

Yo no tenía mayor idea de lo que pasaba en la revista, aunque sí había escuchado que la iba comprar un grupo. Trazando una analogía rápida con el laboratorio, diría que Florencia leía bien que eran tiempos de repliegue. Tal vez no estuviera mal que se fuera.

—Mañana hay una asamblea, vamos a ir al paro. ¿Nos van a echar?

¿Por qué me lo preguntaba a mí? ¿Porque los diarios —ellos mismos— decían que papá iba a invertir en un medio? ¿Pensaba que nosotros estábamos detrás de su cambio de jefe? ¿Acaso quería nuestra —mi— protección?

Estaba preocupada, estaba otra vez concentrándose en una estrategia, Florencia afilaba las viejas armas pero ahora era punto, no banca.

Julio 1990

No —me dice.

Me dice que no y me deja sin juego. Tiro mis ases, la escalera real, el ancho de bastos. Me irrito. Pienso en caliente:

—Me voy —Agarro mis cosas, me abrigo.

—Pará, Flor. ¿No habíamos quedado en que no lo hacíamos más?

—Por eso, me voy.

—¿No me dijiste que estabas de acuerdo, que mejor así?

—Justo: me voy

—Dejate de embromar.

—Me voy a la mierda, María, me tenés recontrapodrida. ¿Para qué me llamaste?

Me desabrocha la camperita.

—Quedate.

—No quiero, no quiero saber nada con vos. Te juro que no te voy a poner un dedo encima nunca más.

Saca del estómago su tono más dulce. Me toca la cara.

—Eso habíamos arreglado. Y te pedí solamente que te quedaras.

—No. Te dije que no.

Se mete en la cama. En realidad, pienso que me tendría que ir.

—Acercate, Flor, no hinches.

—No quiero.

Me mira fuerte. Yo me aflojo, me arrodillo junto a la cama y apoyo la cabeza en su regazo. Me acaricia.

—Basta, María.

Pasa un rato. Se humedece el balcón, se pelean los perros; nos inquieta una sirena.

Con la entreluz de persiana americana nos besamos.

—Siempre caigo —le digo entre los dientes.

—La que cae soy yo. Esto es lo que querías desde el principio.

Me río. Calla, otorga.

—Hija de puta, estás aprendiendo a jugar.

Le digo que tiene razón.

Trabajo en casa, por el momento, y más con Claude en París que con nadie acá. Hago mis crónicas, como siempre, pero hago, sobre todo, investigación para libros de otros, reseñas, todo en francés. Estoy metida en casa muchas horas y doña Gabay ha decidido que eso no es saludable, así que me pasarán a buscar, ella y su novio, para ventearme. Yo digo que no, gracias, triste trío la amante despreciada, el cornudo y la atorranta de la dama. Ella no acepta un no por respuesta, tiene una propuesta que no podré rechazar, trabaja como un herrero para dar forma a este vínculo. Pasan, los señores, en la camionetita de Andrés, que es un chiche de auto. María viene del lado del acompañante, está contenta, me abraza en la puerta, viaja con el cuerpo girado hacia mí y con una mano hacia atrás, me toca cada tanto, habla sin parar. Vamos a una fiesta, decidieron. En un country, no EL country de Andrés, otro. En la entrada hay gente de vigilancia, con armas largas, tenemos que mostrar documentos. Me quiero ir, ¿qué manera es esta de recibir invitados? Pero en lugares como éste uno es rehén del auto, así que muzzarella, con los primeros choripanes-bombón mastico las ganas de matarme, me conecto al Cuba Libre por vena, me pongo "interesante" pero no me quedo con nadie, pico y salgo, deambulo con mi sonda de ron, monitoreo a María a la distancia. María es cariñosa con Andrés, le está encima, le arregla la camisa, le mordisquea la nuca, le revolotea. Él habla, tira nombres importantes, saca un poquito de pecho, María es un adorno que le cuelga con gracia; este muchacho no va a tardar mucho en tener pancita de casado, por lo que veo. Yo prendo un cigarrillo y me siento a un costado, busco mi cuaderno, tomo algunas notas, más por aparentar que porque me haga falta, aunque sea cierto que las notas tomadas en el momento, con el calor y la luz de la escena, valen oro a la hora de escribir.

Es una provocación, claro, lo de las notas, y María es la primera en notarlo. Viene de frente:

—No es zoológico, cronista.

¿Qué pasa si me paro y le estampo un chupón? ¿Me llevará alguien de vuelta a casa o me entregarán a los armas largas de la puerta? El ron me late en la sangre; me levanto pero no llego a moverme: María se acaba de dar cuenta de que me puse "sus" zapatillas.

—Te quedan geniales —me dice, quitándole todo dramatismo a la escena, que yo estaba manejando con el timing de los dos tiradores en un duelo del Far West.

—Me quiero ir.

—No empecemos —dice, me toma de la mano y me lleva al baile. Baila conmigo, la muy turra, y se las arregla para acercarse a Andrés un par de veces por tema y besarlo un poquito, franelearlo un poquito. ¿Lo está calentando a través de mí? ¿Le está mintiendo con la verdad? Eso busca María y eso tendrá: yo le bailo, entonces, la agarro de la cintura, me la apoyo en el cuerpo. Ahora puedo darle el chupón: esto es un show para su novio.

❋

Diciembre 1990

Viernes a la noche. No soporto la televisión oficial ni ninguna música ni el dulce picarme de los mosquitos.

—Siempre estuvimos por tomar un café, ¿no?

Francisco Gurruchaga me atiende con un tono ganador. María me había hecho acordar de él cuando me mostró el organigrama de la reestructuración. Tan lindo muchacho y lo tuvimos que dejar ir, decía María.

—¿Cuándo te parece?

Gurruchaga va al grano, no tiene problemas en colgar, peinarse y venir, que es lo que le propongo. Dice que me pasa a buscar por donde sea pero yo no quiero ir a ninguna parte.

—Mejor vení cómodo y traé la malla que llené la Pelopincho.

El (ex) ejecutivo entendió y llega en short. Está tostado, tiene el cuerpo duro del gimnasio, se diría que se está transpirando la indemnización. Lo voy mirando desde que cierra el auto hasta que encuentra el jardín.

—Hola.

Me acerco y me agarra de la cintura. No doy resistencia. Me dejo inclinar sobre el cuadradito de pasto. Me acaricia. Me saca el corpiño de la malla y me besa. Me chupa las tetas. Voy rápido, quiero tenerlo acá. Quiero toda esa pija adentro, que esté al palo y que quiera más, que quiera, que quiera, que se pierda del mundo y se busque adentro mío. Me gusta que sea pesado, que sea grande, que sea firme, que me parta. Que Clark Kent me coja a fondo y me saque a María por las orejas.

Casi no tengo que hacer nada: es fácil, es lindo; el orgasmo —el suyo, el mío— fluye. No siento el tartamudeo de todo el cuerpo que María me provoca. No miro el borde de la vida: estoy bien.

Al rato, nos hamacamos en la pileta.

—Soy tu objeto sexual.

—Digamos terapéutico. ¿Dolió?

—Sabés que siempre te tuve ganas.

Necesito un descanso y este hombre que podría desaparecer desde ahora y para siempre no me ayuda. Igual le sirvo frutillas, acepto la obvia botella que ya se calentó en su auto y resisto la tentación de echarlo. Una condición:

—Prohibida la palabra "Gabay".

Andrés quería que lo acompañara a ese tugurio al que había ido una vez con Flor a llevar un regalo para el amante de su amigo. Quería ver algo, decía, tenía "ideas". Entramos entonces y esta vez nadie nos conocía, nadie nos llevó a ningún apartado. Vimos actuar a un flaco que hacía varios personajes, un flaco bastante gay que un poquito nerviosa me puso, tengo que decir. Andrés estaba hipnotizado y yo me equivoqué:

—¿Te gusta?

—Claro.

Andrés giró, sonrió, se acomodó el pelo detrás de la oreja, volvió a mirar al actor con una sonrisa como si estuviera por llevárselo a casa.

Es que Andrés no paraba. Nos quedamos ahí un rato después de que terminara la obra, él iba y venía por el lugar, trajo unas copas de la barra, volvió a recorrer todo, se paró, en la otra punta del salón, a hablar con el actorcito.

Salimos, habíamos dejado el coche en el garage de enfrente, recién en el auto supe de qué se trataba. Andrés quería poner un teatro, lo que para mí era una idea delirante. Es decir, quería comprar —ya la había visto—

una manzana medio destruida en el centro y hacer un complejo con varias salas, restaurantes, "una heladería tiene que haber", lugar para sentarse al aire libre en verano sin comprar nada. Un espacio privado que funcionara como un lugar público.

—No nos vamos a pasar la vida encerrados en un laboratorio…

Conversaciones con Luisa Lane:

—Basta, esto no da para más.
—No quiero.

Hoy coge conmigo y le doy asco todo junto. Llego y le cuento un sueño: estaba en el parque, había una artesana, la artesana me tocaba ¿o a mí me parecía? para mostrarme un portasahumerio, yo la miraba a los ojos, ella me decía que detrás del puesto, en el bolso, tenía lo mejor. Y yo iba, había que agacharse, revolvíamos el bolso, ella decía que me probara este aro, me ayudaba, me toquetaba acá, en fin, no me acuerdo más. El sueño es idiota y es inventado, por supuesto, pero entramos en tema, una manera de entrar en tema sin hacer una declaración. María apaga las luces y me lleva de la mano al sillón del living. Nos besamos, nos besamos. "Me hacés levantar fiebre", me dice y eso basta para erizarme.

Pero tengo método.

Quiero hacerlo despacio, quiero que necesite tocarme, ésta es la vez en que va a necesitar tocarme, así que la rozo, la froto, pero no voy a fondo, me aguanto, le voy lamiendo los hombros, le chupo la axila un rato largo, me gusta el gusto, ella se mueve, se retuerce, "es mucho", me saca, vuelvo, quiero que sea mucho, le chupo los brazos, me aguanto, quiero que esté a cien grados, la doy vuelta, le paso la cara por la espalda, veinte veces, una mejilla, otra mejilla, la misma, la otra. La muerdo un poquito, le bajo la bombacha, apoyo la cara en su cola, la huelo, ella me deja, me deja, me avisa: "Estoy indispuesta, Flor". A esta altura me avisa, qué me importa, le pongo la lengua entre las nalgas, María se abre, quiere más, tengo más, le toco el agujero del culo con el dedo, lo bordeo, lo presiono, me meto con la lengua, María ya es de manteca, la chupo por atrás, entro con los dedos por adelante mucho, mucho, mucho, fuerte, entro con toda la fuerza de mi brazo derecho, está aceitosa, resbalo, golpeo, le duele, se ve que le duele y estoy tratando de lastimarla cuando María grita, llora, me agarra la mano, me detiene.

Salgo y tengo un guante rojo. Me levanto para lavarme pero antes del baño, oh, ahí está la puerta del taller y no pienso nada, entro, enfilo al cuadro nuevo —nuevas manchas rojas en el centro de la tela— y lo pinto con esa mano. María está callada, desnuda, en la puerta.

—Tu sangre —le digo.

María no me mira, entra, saca un cincel, viene empuñándolo. Tengo miedo de que me quiera cortar pero no, hasta el miedo es una ilusión acá, ella no mezclará su sangre con la mía, María va directo a la tela, clava el cincel, mete el índice de la mano derecha y agranda el agujero, mete el índice de la izquierda, tira un poquito y cuando tiene lugar afirma las dos manos y pega el tirón. La tela se desgarra, María tiene las piernas chorreadas, se mete los dedos en la concha, firma.

—Gracias —me dice.

Está mucho mejor esta versión, hay que decirlo.

Quizás haya dejado de ser "preliminar".

Yo la chupo, porque así se hace, y me la cojo, porque de eso se trata. Pero últimamente lo que me da satisfacción, lo que me estremece, lo que me da ganas de llorar, lo que hace la diferencia es cuando le agarro la mano —tengo tan pocas oportunidades de darle la mano—, cuando la beso, chiquitito, en las mejillas, cuando le paso la nariz por los párpados y ella está volcada sobre la almohada y algo me late y sí, es mi corazón.

Ya es entrada la noche cuando suena el teléfono y, raro, es mi papá. No hablamos seguido y para charlas cotidianas la representante familiar es mamá, así que me preparo para una mala noticia y no tengo que esperar mucho, papá no sabe de rodeos:

—Está muy mal Madame Louis.

—Qué cagada.

—Vení. El último micro sale en dos horas, quedan cinco pasajes, ya pregunté.

—O mañana temprano…

—No creo, Flor.

OK, voy. Tiro dos pilchas en un bolso, doy vuelta todos los bolsillos, no sé si llego con la guita ni cuánto sale el pasaje y a esta hora el tren corre muy espaciado así que taxi obligado hasta la terminal de ómnibus, y estoy lejos. Hace unas semanas me pasaron por debajo de la puerta un volantito, pusieron por acá una remisería, coches particulares que te llevan, no lo sostuve con imanes en la heladera, no está en la mesita de luz, no está sobre el televisor… ¡en la pila de libros sobre la que se apoya el teléfono! Negocio, cierro, en 10 minutos aparece un Peugeot 504 con pinta de estar de vuelta de los 100 barrios porteños y vamos. No pienso a qué voy: mi primer objetivo es llegar a la estación a tiempo, el segundo conseguir pasaje, después vemos.

Así que lo enfermo al chofer para que exija a su motor de porquería, para que pase algún semáforo en rojo, para que dé la vuelta en U y se meta en el horrible edificio de Retiro. "Se muere mi abuela", le digo, porque no hay manera de explicarle las tardes con Madame Louis, los libros de Madame Louis, la honestidad brutal con que me hablaba de lo innombrable, de Violeta, de mi vida y de su muerte, del doble filo del cuchillo.

Corro hasta la boletería, un viejo con audífono bosteza detrás del vidrio ya opaco, se hace el que no entiende el apuro pero al final estira el boleto: hay lugar, hay lugar. Pago y me queda para una Coca, menos mal, el calor mojado de la terminal preanuncia el del micro que, además, tiene desodorante tibio con olor a frutilla. Llaman enseguida, no tengo nada para despachar. Pego la nariz al vidrio y me enchufo al walkman.

No es larguísimo el viaje, pero a la hora mi cadera —¿o es más adentro?— acusa todas las clases de yoga perdidas; a la hora y media me duele demasiado, a las dos horas tengo náuseas, a las dos horas y cuarto vomito y vomito en el baño hediondo. No sale agua de la canilla, saco un jugo pasado de azúcar del bidón del micro y me enjuago la boca; el jugo me da náuseas otra vez.

Necesito acostarme.

Recorro el micro; por supuesto que no hay dos asientos libres. Vuelvo a mi lugar, me aflojo la ropa (al lado mío ronca un gordo despatarrado), me saco los zapatos. Me desespera el dolor. Respiro. Respiro, inhalo por coronilla, exhalo por pies, inhalo por garganta, exhalo por pubis, inhalo por nuca, exhalo por vagina. Calma, Kraft, hace mucho tiempo que tu cuerpo funciona, no se va a parar justo ahora; no se va a parar justo en un micro de mierda. Calma, esto debe ser es el serrucho de la cadera que atravesó el umbral del dolor y te tira la presión abajo. Seguro es eso. ¿O es más adentro?

Revuelvo mi bolso, en algún lado tengo el analgésico. Salto al gordo, encaro el pasillo, me trago la pastilla con el juguito de naranja. Faltan como dos horas de viaje; si aguanto el remedio adentro, llego. Me meto en el baño otra vez, abro la ventana, tengo un porro en el bolsillo que ayudaría con las arcadas pero tengo miedo de que me voltee la presión y me haga desmayar. Carajo, ésta es la peor insurrección de mi cuerpo en mucho tiempo. Me acerco al chofer: me siento muy mal, dónde me puedo bajar. El tipo ofrece una estación de servicio, dentro de media hora. Puede esperarme 5, 10 minutos ahí, pero después se tiene que ir. Me dice que use el asiento de su acompañante, adelante: tiene un poco más de lugar y se ve la ruta. Está oscuro. Empieza a pegar el analgésico, empieza a pasar el dolor. La última hora voy dormida pero debo tener una cara terrible porque, en la estación, papá y mamá me agarran entre los dos para llevarme al auto. Corte a mi cama; qué delicia mi cama. Mamá me hace masajes, llamemos al doctor.

—Quiero ir a ver a Madame Louis.

Para eso vine, ¿no? Para eso nos apuramos, ¿no? Ya está, dice mamá. Velorio desde el mediodía, entierro mañana, llamemos al médico.

Me levanto al otro día para el entierro. Camino por el cementerio colgada de mamá y papá, me duele la bipedestación y ya no sabemos si es peor la muerte de la muerta o la cadera de la viva. No falta nadie en el cementerio, desfilo así colgada frente al pueblo entero que, entero, me importa un carajo. No estoy con ellos, estoy adentro, conmigo, con Madame Louis, con este cajoncito de mujer de un metro y medio. Voy sostenida, muda, la vista en mis zapatos. No miro, no lloro, no me conecto con los que, en fin, fueron mis compañeros. Los idiotas la van a enterrar con cruces, con bendiciones, la van a enterrar como a una monja. Parece que no, pero estoy escuchando los discursos y ninguno habla del amor, de ese amor transatlántico, del vendedor de hilos que le sacó una chica a Jesús. Me tienta decir algo, un escandalete para servir con las masas dentro de un rato, en la confitería, pero no, estoy demasiado triste, demasiado drogada, demasiado ajena en este lugar.

Papá entiende, es bueno; con los ojos, con las manos, no sé cómo va apartando a los que están tan contentos de verme y me hace de escudo hasta el coche, hasta mi cama otra vez.

Duermo, me despierto en las nubes, duermo, suena el teléfono, duermo, platos, cucharas, duermo, en la cocina mi mamá habla: "El francés vino a buscarla".

No tengo fuerzas para contradecirla. Duermo.

Escucho al francés, sus palabras dulces.

Sus "querida mía", sus "vamos, mi amor, vámonos de acá".

Sus "Florencia, abrí los ojos".

Abro los ojos.

Y acá está Claude.

Lo apretujo, no pregunto nada.

Claude resplandece en esta casa, no es un chico, es un hombre y un hombre como los de las revistas; a mamá se le cae la baba, el muy hipócrita me besa en los labios: es el príncipe que vino a despertar a la Bella Durmiente.

—Nos vamos hoy mismo —me dice tranquilamente, ya es dueño de la casa, esquiva a mamá, escucho movimiento en el baño y el agua de la ducha, me destapa, hace una reverencia, me toma de la mano, me la besa, sin privarse del gesto teatral me deposita en el baño, se queda afuera.

Cuando salgo, con una toalla de turbante, está tomando café en la cocina, hablando media lengua con mi mamá, indiferente a la desconfianza de mi papá.

—¿Nos llevan a la estación, caminamos, pedimos un taxi?

—No tenía pensado ir a ningún lado, señor.

Claude levanta las cejas.

—Voy a mi pieza a buscar las cosas.

En tres minutos estoy con mi mochila en la puerta. Papá nos lleva, pero Claude piensa en todo:

—¿Querés pasar por el cementerio?

No, no quiero. No quiero.

Me acuesto en el micro con la cabeza sobre las piernas de Claude. No cambiamos una palabra en todo el viaje.

✳
Marzo 1991

P arece que el francés había llegado a Buenos Aires unos días antes, con un novio catalán —algo más que tenían en común— que venía a rediseñar un diario. Que se había presentado sin aviso en la casa de Flor, para sorprenderla, pero había tenido que volverse en el tren con las latitas de paté sin abrir: la chica no estaba. Como el tipo era así, un personaje francés, le había tirado en el garage un sombrero

—¡El sombrero de Claude que yo usaba en París!

con el número del depto del novio adentro, pero ella no había aparecido.

—Volví, el sombrero estaba en el mismo lugar. Pasaba algo.

El mozo trajo los cinco bifes de chorizo, el otoño todavía no se sentía en esta terraza de la Costanera. Florencia y el catalán traducían a dos puntas. ¿Andrés estaba cómodo?

—Entonces busqué el número del laboratorio de la señorita Gabay y la telefonista me comunicó con ella.

—Yo no sabía dónde estaba Florencia...

—Ella no sabía dónde estaba Florencia, pero sabía que Florencia les avisa a sus padres cuando va a viajar.

—Pero no tenía el teléfono.

—Recurso básico: lo encontré en la guía.

—Y ahí llegó mi caballero andante, por la llanura.

—¡A la salud del caballero! —gritó Andrés, con la copa ya en alto, y se puso a hablar de lo del teatro. Primero, cambiarle la cara a la avenida. Después, traer espectáculos de afuera. Una sala de vanguardia, otra más comercial. Corrientes y off Corrientes en el mismo lugar. Claude y el catalán tenían mucho que decir, faltaba una librería, quizás algo de arte contemporáneo, no era muy difícil. En un rato Andrés los tenía en el bolsillo y Florencia, claro, se tenía que ir.

Ahora quiere ser leal.

Está de novia, no quiere cama doble ni vida doble, quiere ser limpia, sencilla y Doris Day, quiere ser feliz y desear lo que tiene y no vivir en la traición. Quiere quedarse con Andrés y que yo entienda que no la quiero.

Yo entiendo.

María se vino hasta casa para decirme eso, la luz de la cocina la tiene con los ojos chinos, está plegada, con los pies sobre la silla y se toca las uñas.

Quiere ser leal. Fiel. Toda suya, en cuerpo y alma. Yo entiendo.

La verdad, estoy cansada. Claude me pidió —¡a mí!— una serie sobre cirugías estéticas, gimnasios, lámparas, el cuerpo como construcción. Parece que le vendió a Hachette un libro sobre posmodernidad y le anduve haciendo el laburo de investigación. Llevo semanas de la cama a la biblioteca, llevo meses en francés.

María me ha encontrado con el escritorio derramando papeles, en short y en pata, con los anteojos puestos. Ya sé que no vive conmigo, que no me hace la cena y no me hace el amor en cinco minutitos de pausa, ya sé hace rato que quiere un final firmado, un acta de divorcio, un borrón y ninguna cuenta más.

Bueno.

Suena el teléfono otra vez, Claude necesita más, prefiere otra cosa, quiere más rápido. Hablamos un rato, yo paseo, me saco los pelitos del bigote con la pinza de depilar, entro al cuarto, me hago otra raya. Vuelvo a la compu, me bajo los anteojos, le paso unos datos. Le cuento a Claude —para ella es jeringozo— lo que está pasando. Sobreactúo un poquitín, claro, el francés, los anteojos, los papeles. Tengo clarísimo que ésta es la que la enamora y el amor tembleque, no.

OK, le digo, con la gloriosa indiferencia de la merca. Me duele me duele me duele —hay que decirlo, aunque en este instante sea teórico— pero como quieras. Acepto, pero quiero verte (quiero que me veas, que veas mi deseo que es de vos y que veas mi dolor que es por vos).

Sí, así. En eso siempre estuvimos de acuerdo.

¿Y vos que sos una intelectual, me dice, pensás que un beso, me dice, es deslealtad?
Sí, es deslealtad.
¿Un beso a alguien a quien se ha besado antes?

Lo dice acá, ahora parada al lado de mi silla giratoria a gas, ahora montada sobre mis piernas. Me besa, la beso.

Nada más que un beso, entonces. Me da igual.

Ay, me dice. Ay, ay, ay, ay y yo apenas apoyo las manos en su espalda. Ay, ay, y me muerde, me lame, se aprieta.

—Bueno, María, ya está, dijimos que hasta acá.
—Un poquito más. Un poquito tocame.

La toco, está ahí puesta, paso la mano debajo de su pollera moderna, pongo un dedo liso, horizontal, sobre la bombachita de algodón mojada, ella se mueve sobre mi dedo, no hace falta más nada, ella sabe acabar y acaba y el mundo se viene abajo.

—No puedo resistirlo.

Me hamaco en la silla, juego con el teclado. Ya sé lo que se viene, y se viene:

—Si te veo no me puedo aguantar.

Falta envido, entiendo.

—¿Qué voy a hacer con vos?
—Esto, María. Casate, reproducite, procreá un heredero. Dentro de diez años, cogete a tu profesor de tenis. Y dentro de veinte, a un compañero de clase del heredero.

—¿Y a vos?
—Diez años por lo menos tenés que ser fiel y leal. Después el profesor, después el pendejo, te dije. En treinta años puede ser.

Estoy triste. Se murió Madame Louis, se tenía que morir, la ley de la vida, etc. La pena crece cada día, es algo mío, obviamente, es esa infancia de mierda en la silla de ruedas, con las botas ortopédicas, yendo de la cama al living, lo que vuelve con la muerte de Madame Louis, como si ella la hubiera guardado en los aparadores de su casa para que yo saliera nueva, como si ahora se rompiera la lámpara y el genio que ella tenía preso se hubiera liberado para vengarse de mí.

Me muero de tristeza y me muero de apuro desde que se murió Madame Louis. Ahora es la vida, ahora, ahora mismo, pará de esperar, no habrá un mundo mejor ni un amor mejor, lo que hay delante es la muerte. Todo estalla cuando voy a pagar la luz y tengo que hacer cola. Me paro dos minutos, cinco, diez, la cola apenas se mueve y estoy apurada, no ven que estoy apurada. Salgo. Hago un bollo y tiro la factura a la alcantarilla.

D espués de un par de semanas sin vernos, como un botellazo, tiró la novedad y pateó los vidrios.

—Te llamé porque me pareció que lo tenías que saber.

—Obvio. Pero no entiendo.

—Estoy harta de todo, María. De este país pacato y puto, de la deuda, de los chicos del subte, de la concha de su madre, de las novelas del presidente, todo. Basta para mí.

—¿Y la militancia?

—No me jodas. El sueño terminó hace rato y encima era el sueño de otros. Se acabó el programa, María, y el decorado se cae a cachos. No sé, llegué tarde, no sé nada.

—No te creo.

—Bueno.

—¿Por qué te vas, Flor?

—Porque estoy harta de todo. Pará, que voy a prender un pucho.

—Ya.

—Quiero verte antes.

—No sé, estoy loca con los trámites.

—Te quiero mucho.

—Sí.

—Me quiero despedir a solas.

—No, María, ¿otra última vez?

Colgué con bronca. Pim pum, desaparecía como en un montaje de la tele. Decía (había dicho) que le gustaban mis tetas. ¿Mis tetas? ¿Qué tenían mis tetas?

—Son sabrosas.

El día que conseguí chuparme mi propia teta (la izquierda, a la derecha no llegaba). Lindas, mis tetas.

Di vueltas por casa durante unos cinco minutos. No, no era así la historia.

Así que agarré el auto y puse el piloto automático hasta Lourdes. Iba furiosa. ¿Cómo mierda que no me querés ver? ¿Y a qué tanta declaración de amor? ¿Para rajar así?

Metí la trompa en la entrada de su garage y toqué bocina. Flor no apareció. Toqué el timbre. Toqué otra vez. Toqué un timbrazo bastante largo y se asomó por la ventana.

—Andate, Gabay.
—Abrí, idiota.
—Andate, María, no estoy jodiendo.
—¿Podés salir y paramos de estar a los gritos?
—No quiero, andate.

Dijo y cerró la ventana. Y desapareció.
Toqué de nuevo.

—Abrí, Flor.

Agité la reja del garage.

—Abrí porque te voy a tirar la puerta abajo.

Nunca tan difícil como ahora, que sé que me estoy yendo y que soy la mujer de Lot.

María llora y grita y ordena y sacude el portón y dice que soy yo la hija de puta.

Yo me siento adentro, en el piso, contra la pared y me tapo los oídos. No puedo verla sufrir y, encima, estos gritos me ilusionan. ¿Y si le abro, la mimo y admite, de una vez, que ella también me quiere? ¿Si se queda acá, conmigo, y le acaricio la espalda para siempre?

No, Kraft, no aflojes. Vos te vas y ella se queda, así que ahora ella se va y vos te quedás ahí.

Vos te vas de ella y punto, aunque te cueste una reja.

No podía soportar lo que estábamos haciendo. Subí de nuevo al auto, puse primera y golpeé un par de veces la reja, que hizo bastante ruido. Toqué bocina.

—Voy a tirarte la puerta abajo, conchuda.

Tomé carrera, pisé varias veces el acelerador y apareció. Tenía los ojos hinchados, la cara endurecida; traía en la mano un taladro que pensé me iba a revolear por la cabeza.

—¿Qué mierda más querés de mí?
—Hablemos adentro, porfa.
—Adentro un carajo, María. Salí de mi casa y matate.
—Estás armando un escándalo con los vecinos.
—Me voy, me voy. ¿Se entiende? Éstos no son más mis vecinos. Me voy. No tengo nada más para decir. Tomátelas.
—Dejame entrar. Te quiero hacer el amor.
—No, María.
—Te morís de ganas.
—Me muero, pero no. Andate. Ya hicimos la escena, dale, dejame sola.

—No me dejes sola.

—Andate, Corín Tellado. Cuando te baje la indignación te vas a arrepentir de haber dicho cosas que no sentías.

—Y vos de no haber hecho lo que querías.

Florencia metió medio cuerpo por la ventanilla del auto, apoyó el taladro sobre mis piernas y, ante la mirada congelada de los futuros ex vecinos de la cuadra, me dio un largo beso. Largo, largo, carnoso, muy salado.

—Te voy a reventar —invité.
—No, mi amor, te vas a ir.

Dijo, moqueó, entró y se fue a París.

D arme cuenta ¿cuándo? de que ya había pasado, de que de verdad me había dejado de doler su silueta detrás de los ojos pero no llamarla jamás, ni loca en el primero, para qué en el segundo y ya no en el tercer viaje a Buenos Aires, a los diez años y con acento francés. Saber cosas sueltas de ella, de sus dos hijos, de su vida buena. Haber constatado que, después de María, el ratón Pérez se había llevado mi corazoncito de leche. Tener nostalgia de él, no de ella.

Recibir de chiripa, en ese tercer viaje, la invitación a la apertura de una muestra de Luisa Lane, por supuesto en la galería del complejo de Andrés. Decidir que iba a ir, enterarme —Luisa Lane es sutil pero me avisa— de que ella iba a ir. Ir igual. Razonar que ya no se sufre como se sufría ayer, que el famoso bulldog de la memoria se había masticado a mi María y me la devolvía como bolo alimenticio. Confiar en eso. Explicarlo.

Llegar tarde, quedarme atrás y desde ahí —como siempre— verla y que ella no me vea. Buscarla, sospechar que esa cabeza es su cabeza, sentir —odiar— un arañazo en el pecho, desde adentro. Ver chicos jugando, tratar de adivinar cuáles son los suyos, acertar.

Dejar pasar un rato, observarla mansa, distraída, parada al lado de Maximiliano. Ir derecho: "Me pone tan nerviosa verte que mejor hagámoslo rápido" y el boludo de Maxi: "Ay, no te reconocí". Y ella nada, cara de nada. Yo: "Y... pasaron diez años". Ella: "Nueve". Ella: "Me enteré de LO TUYO (¿la operación, los libros, el premio, Michelle?) tarde, muy tarde". Yo durita, yo un nudo en la garganta. Ella: "Y que se murió tu viejo". Yo: "Ah, bueno, estás informada, entonces".

Ahí llega alguien, ella se da vuelta, se demora en el saludo y yo me voy, converso con la artista, me quedo dando vueltas en la galería, sola, dándole tiempo para acercarse, cosa que por supuesto no hace, la única que planea soy yo, ella no piensa en esto, siempre fue así. Así que vuelvo, me despido, le toco la cabeza, ella susurra —con aire, sin voz— "nos vemos", yo no contesto. Hago dos cuadras, me olvidé la agenda que acabo de empezar a usar hoy mismo para ordenar mi vida. Vuelvo. Paso por el baño, me cruzo con su hija. Por suerte, con ella no.

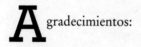

Agradecimientos:

A Andi Nachon, por el decisivo impulso final. A Pilar y José, por el aliento y la discusión sobre el título; a Diana Bellessi, por tomarse el trabajo más de una vez; a Laura Leibiker por la consultoría continua; a Ana Laura Pérez y Gabriela Cabezón Cámara, por sus observaciones, precisiones y paciencia; al equipo de Suma de Letras, por el ojo para los detalles.

**Otros títulos de
Punto de Lectura Arcoiris**

Punto de Lectura es un sello editorial del Grupo Santillana

www.puntodelectura.com.mx

Argentina
Avda. Leandro N. Alem, 720
C 1001 AAP Buenos Aires
Tel. (54 114) 119 50 00
Fax (54 114) 912 74 40

Bolivia
Avda. Arce, 2333
La Paz
Tel. (591 2) 44 11 22
Fax (591 2) 44 22 08

Chile
Dr. Aníbal Ariztía, 1444
Providencia
Santiago de Chile
Tel. (56 2) 384 30 00
Fax (56 2) 384 30 60

Colombia
Calle 80, 10-23
Bogotá
Tel. (57 1) 635 12 00
Fax (57 1) 236 93 82

Costa Rica
La Uruca
Del Edificio de Aviación Civil 200 m al Oeste
San José de Costa Rica
Tel. (506) 22 20 42 42 y 25 20 05 05
Fax (506) 22 20 13 20

Ecuador
Avda. Eloy Alfaro, 33-3470 y Avda. 6 de
Diciembre
Quito
Tel. (593 2) 244 66 56 y 244 21 54
Fax (593 2) 244 87 91

El Salvador
Siemens, 51
Zona Industrial Santa Elena
Antiguo Cuscatlan - La Libertad
Tel. (503) 2 505 89 y 2 289 89 20
Fax (503) 2 278 60 66

España
Torrelaguna, 60
28043 Madrid
Tel. (34 91) 744 90 60
Fax (34 91) 744 92 24

Estados Unidos
2105 N.W. 86th Avenue
Doral, F.L. 33122
Tel. (1 305) 591 95 22 y 591 22 32
Fax (1 305) 591 91 45

Guatemala
7ª Avda. 11-11
Zona 9
Guatemala C.A.
Tel. (502) 24 29 43 00
Fax (502) 24 29 43 43

Honduras
Colonia Tepeyac Contigua a Banco Cuscatlan
Boulevard Juan Pablo, frente al Templo
Adventista 7° Día, Casa 1626
Tegucigalpa
Tel. (504) 239 98 84

México
Avda. Universidad, 767
Colonia del Valle
03100 México D.F.
Tel. (52 5) 554 20 75 30
Fax (52 5) 556 01 10 67

Panamá
Vía Transísmica, Urb. Industrial Ozillac,
Calle Segunda, local 9
Ciudad de Panamá
Tel. (507) 261 29 95

Paraguay
Avda. Venezuela, 276,
entre Mariscal López y España
Asunción
Tel./fax (595 21) 213 294 y 214 983

Perú
Avda. Primavera, 2160
Surco
Lima 33
Tel. (51 1) 313 4000
Fax. (51 1) 313 4001

Puerto Rico
Avda. Roosevelt, 1506
Guaynabo 00968
Puerto Rico
Tel. (1 787) 781 98 00
Fax (1 787) 782 61 49

República Dominicana
Juan Sánchez Ramírez, 9
Gazcue
Santo Domingo R.D.
Tel. (1809) 682 13 82 y 221 08 70
Fax (1809) 689 10 22

Uruguay
Constitución, 1889
11800 Montevideo
Tel. (598 2) 402 73 42 y 402 72 71
Fax (598 2) 401 51 86

Venezuela
Avda. Rómulo Gallegos
Edificio Zulia, 1° - Sector Monte Cristo
Boleita Norte
Caracas
Tel. (58 212) 235 30 33
Fax (58 212) 239 10 51

Esta Obra se termino de Imprimir en Junio del 2010
Impreso en Talleres Gráficos de
Servicios Empresariales de Impresión, S.A. de C.V.
con domicilio en Juan N. Mirafuentes No. 44
Bodega 8, Col. Barrio de Los Reyes,
Distrito Federal C.P. 08620, Deleg. Iztacalco
El tiraje fué de 3,300 Ejemplares.